KiWi Paperback

D1127415

KiWi 580

Uwe Timm

Eine Hand voll Gras

Kiepenheuer & Witsch

Die Medienrechte von Uwe Timm werden betreut vom
Hartmann & Stauffacher Verlag, Köln.

1. Auflage 2000

© 2000 by Verlag Kiepenheuer & Witsch, Köln
Alle Rechte vorbehalten. Kein Teil des Werkes
darf in irgendeiner Form (durch Fotografie, Mikrofilm
oder ein anderes Verfahren) ohne schriftliche
Genehmigung des Verlages reproduziert oder unter
Verwendung elektronischer Systeme verarbeitet,
vervielfältigt oder verbreitet werden.
Umschlaggestaltung: Philipp Starke, Hamburg
Umschlagfoto und Abbildungen Innenteil:
© 2000 MTM cineteve GmbH, Kinowelt Filmproduktion GmbH
Gesetzt aus der Garamond Stempel (Berthold)
bei Kalle Giese, Overath
Druck und Bindearbeiten: Clausen & Bosse, Leck
ISBN 3-462-02916-9

Kurdistan in der Türkei.

Berglandschaft

In den nach Norden gelegenen Senken liegen noch Schnee-
reste. Ein Mann stapft den Hang hinauf, neben ihm ein
Junge, offensichtlich Vater und Sohn. Auf dem Hügel sind
einige Schafe zu sehen, eines liegt verendet am Boden. An
einigen Stellen haben die Schafe die steinige Erde auf der
Suche nach Wurzeln aufgekratzt. Der etwa zehn Jahre alte
Junge, Kendal, bückt sich, zupft ein paar vertrocknete Grä-
ser ab, gibt sie dem Vater. Der betrachtet sie, schüttelt den
Kopf. Wirft sie weg. Das alles geschieht schweigend. Vater
und Sohn gehen langsam den Hang hinunter. Unten liegt
ein Dorf, kleine helle Steinhäuser. In der Ferne ist eine
Staubwolke auf den Serpentinen einer Bergstraße zu sehen.
Dort fährt ein Lastwagen.

Dorfstraße

Der Vater geht in sein Haus, während Kendal zu dem Haus
von Onogun hinüberläuft.

Haus von Onogun

Onogun hat als Gastarbeiter in Deutschland gearbeitet. Er
hat im Dorf das größte Haus. In der Wohnstube hängen
zwei Plakate der Lufthansa, das eine zeigt ein Schwarz-

waldhaus, das andere den verschneiten Nürnberger Weihnachtsmarkt. Und dann hängt da noch eine Kuckucksuhr. Vor der Uhr stehen Kinder, unter ihnen Zine, Kendals fünfzehnjährige Schwester, sie alle blicken erwartungsvoll nach oben, zur Uhr. Kendal kommt hereingelaufen, stellt sich zu den Kindern.

Plötzlich springt das Türchen der Uhr auf, der Kuckuck kommt heraus, ruft viermal, dann verschwindet er in seinem Häuschen, und die Klappe schlägt wieder zu. Die Kinder sind begeistert, klatschen, lachen. Onogun spricht Deutsch mit einem starken Akzent.

ONOGUN singt: Schwarzbraun ist die Haselnuß, schwarzbraun bin auch ich, schwarzbraun muß mein Mädel sein, geradeso wie ich.
(kurdisch zu Kendal) Du darfst die Zeit hochziehen, am Tannenzapfen. Die Deutschen lieben den Wald. Sie laufen darin herum, nur so, zum Spaß. Auch die Zeit kommt aus dem Wald.

Kendal zieht vorsichtig den eisernen Tannenzapfen hoch. Währenddessen spricht Onogun auf deutsch einige Worte vor.

ONOGUN: Entschuldigung. Wo is' der Bahnhof. Geht in Ordnung.

KENDAL: Wo is' der Bahnhof. Gehtinordnung.

Draußen hält ein Lastwagen. Die Kinder laufen neugierig hinaus.

Dorfstraße

Zwei Männer steigen aus der Fahrerkabine. Von der Ladefläche klettert ein Fremder, der Onkel. Die Kinder umrin-
gen sie. Fahrer und Beifahrer sind offensichtlich bekannt,
sie bringen Post, zwei Jungen laufen mit den Briefen los,
um sie zu verteilen. Kendal steht etwas abseits, beobachtet
scheu den Fremden, der zu dem Haus von Kendals Familie
hinübergeht.

Bauernhaus von Kendals Familie

Das Zimmer ist deutlich kleiner und karger als das von
Onogun. Nur ein gerahmtes Foto hängt an den weiß
getünchten Wänden, es zeigt einen jungen Mann, den Bru-
der von Kendal.
Am Tisch sitzt Kendals Vater mit dem Fremden, dem
Onkel. Sie trinken aus kleinen Bechern Tee. Der Onkel
zählt dem Vater langsam Geldscheine auf den Tisch.
Kendal kommt zögernd herein, bleibt an der Tür stehen.
Der Vater winkt ihm.

VATER: (kurdisch) Kendal ist das Licht meiner Augen.
Achte auf ihn!

ONKEL: (kurdisch) Er wird es gut haben. Und die Arbeit
ist leicht, leichter als hier.

Kendal verbeugt sich und geht wieder hinaus.

Kendals Zimmer

In dem kleinen Zimmer, das Kendal sich mit zwei jüngeren Brüdern teilt, hat die Mutter einen kleinen Pappkoffer gepackt. Sie weint, drückt Kendal an sich, streichelt ihn.
Der Vater kommt herein, setzt sich auf den einzigen Stuhl, zieht Kendal zu sich heran, so daß der vor ihm steht. Mit besorgter Eindringlichkeit spricht er zu seinem Sohn.

VATER: (kurdisch) Hab keine Angst. Der Onkel begleitet dich. Achte darauf, iß kein unreines Fleisch! Die Deutschen lieben Schweinefleisch. Halte dich von allem fern, was deine Seele beschmutzt. Und vergiß deinen Bruder nicht.

Der Vater gibt Kendal ein kleines Foto, das Kendals großen Bruder, Ugur, zeigt. Er legt Kendal liebevoll die Hand auf den Kopf.

VATER: (kurdisch) Du bist nun der Große. Mach uns keine Schande.

Kendal nickt.

Dorfstraße

Der Lastwagen steht auf der Dorfstraße. Fahrer und Beifahrer sind eingestiegen. Viele der Dorfbewohner stehen um den Wagen. Ein Bauer reicht dem Beifahrer noch ein Päckchen hinauf. Kendal trägt, wie stets in den folgenden

Szenen, die umgeschneiderte altmodische Hose seines Vaters. Die Hose sitzt in der Taille richtig, ist jedoch sowohl im Schritt als auch im Hosenschlag zu weit. Dazu trägt Kendal einen selbstgestrickten und säuberlich gestopften Pullover.
Die Mutter weint, küßt Kendal. Kendal blickt sich suchend um.

KENDAL: (kurdisch) Zine. Wo ist Zine?

MUTTER RUFT: (kurdisch) Zine!

Der Onkel steht auf der Ladefläche und hilft Kendal, der vom Vater hochgehoben wird. Der Vater wischt sich verstohlen die Augen. Zine kommt aus dem Haus gelaufen, sie hält etwas in der Hand.

ZINE: (kurdisch) Die Wunderrose. Leg sie ins Wasser! Dann denk an uns. Und wenn du eine Uhr mit Kuckuck findest, bringst du sie mir?

KENDAL: (kurdisch) Danke. Ja. Ich denke daran.

ZINE: (kurdisch) Versprochen?

KENDAL: (kurdisch) Versprochen!

Kendal betrachtet die in einem Zellophanbeutel steckende Wunderrose, die so gar nicht nach einer Blume aussieht. Genaugenommen ist sie nur ein kleines buntes Papierknäuel. Der Lastwagen hupt und fährt los. Kinder laufen nebenher, winken. Kendal steht hinten, an der Ladeklappe, winkt. Die Eltern, die Geschwister, Nachbarn winken. Die Plane des Lasters schlägt wie ein loses Segel im Wind. Kendal winkt, obwohl die Eltern kaum noch zu sehen sind.

Fahrt im Zug

Der Onkel, ein ruhiger Mann mittleren Alters, mit einem schweren schwarzen Schnauzbart, zeigt nach draußen und spricht auf deutsch einzelne Wörter vor.

ONKEL: (deutsch) Berg. Wolke. Schnee. Himmel.

KENDAL spricht sehr langsam: Schnee. Himmel.

Hamburg

Hamburger Hauptbahnhof

Der Onkel steigt mit Kendal aus dem Zug, geht zu einem der offenen Telefone in der Durchgangshalle, telefoniert. Kendal steht daneben, an ihm vorbei hasten Passanten. An den offenen Telefonen wird laut telefoniert, ein sich überlagerndes Stimmengewirr.

REISENDER I brüllt: ... die Klosettschüssel hatte schon einen Sprung, sag ihm das, alles andere is' Quatsch ... von wegen Wasserschaden ...

REISENDE 2 weint am Telefon: ... yo le dije siempre que eso no era nada para ella, no podía funcionar...

ONKEL auf kurdisch: ... sagen Sie Misto, ich habe zwei Liebesgaben mitgebracht ... ja ... bring ich vorbei ...

Platz vor dem Hamburger Hauptbahnhof

Der Onkel geht mit Kendal zum Taxistand. Dort sitzt Hellkamp in seinem Taxi. Hellkamp steigt aus, öffnet den Kofferraum, verstaut den Koffer des Onkels. Kendal will seinen Koffer nicht hergeben. Der Onkel nimmt eine Tasche mit in das Taxi.
Hellkamp ist Mitte Zwanzig, ein kräftiger norddeutscher Typ. Er trägt eine alte, abgetragene Baseball-Lederjacke, blau das Rumpfteil, rot die Ärmel, und auf dem Rücken hat er eine große rote Zahl, die Nummer 7. Hellkamp steigt ein.

HELLKAMP: Wohin soll's gehen?

ONKEL undeutlich: Belle Alliance.

HELLKAMP fragt nach: Belle Alliance? Das Restaurant an der Alster?

ONKEL: Ja.

Straße Hamburg

Taxifahrt. Die Lombartsbrücke. Dammtor. Mittelweg. Der Junge blickt staunend aus dem Fenster: die Häuser, der Verkehr, die Menschen.

Straße am Alsterufer

Hellkamp hat am Alsterufer gehalten.

ONKEL: Komm gleich wieder.

Der Onkel steigt mit der Tasche, die er während der Fahrt nicht aus der Hand gelassen hat, aus und geht zu dem Restaurant am Ufer hinunter.

Restaurant Belle Alliance am Alsterufer

Das »Belle Alliance« ist ein Szene-Restaurant. Hier treffen sich Leute aus Kultur und Politik.
Draußen, in der Nähe des Eingangs, stehen zwei Männer, der eine telefoniert mit dem Handy, leise, er fragt den anderen etwas, redet dann wieder ins Handy. Man könnte denken, es sei ein Geschäftsgespräch, das sie nicht im Restaurant führen wollen. Als der Onkel das Restaurant betreten will, sind die beiden mit zwei, drei Sätzen bei ihm.

POLIZIST: Polizei. Sie sind verhaftet. Los, Ihre Tasche!

Einen Moment scheint es, als wolle der Onkel weglaufen, blickt sich schnell um. Der zweite Polizist reißt dem Onkel die Tasche aus der Hand, der andere legt ihm Handschellen an. Die Polizisten wirken weit aufgeregter als der Onkel, der jetzt alles ruhig über sich ergehen läßt. Er macht dazu ein betont gelangweiltes Gesicht, er grinst sogar.

ONKEL: ... is' nix ... türkischer Honig ... selbstgemacht ... von Mutter ... sonst nix ... wirklich nix ...

POLIZIST 2: Schnauze! Mitkommen!

Straße am Alsterufer

Hellkamp sitzt im Taxi, raucht und wartet. Kendal ist eingeschlafen. Hellkamp blickt in den Rückspiegel, dann dreht er sich um und betrachtet den schlafenden Jungen.

Restaurant Belle Alliance

Hellkamp geht zusammen mit Kendal in das elegante Restaurant. Hellkamp will Kendal den kleinen Pappkoffer abnehmen. Der will ihn aber nicht aus der Hand geben. Sie gehen an den Tischen vorbei. Das Staunen des Jungen über dieses Restaurant und über die hier sitzenden Leute. Andererseits staunen auch die Gäste über den Auftritt der beiden, die nicht in dieses Ambiente passen. Hellkamp spricht einen der Kellner an, der gerade Teller abträgt.

HELLKAMP: Ist hier so vor 'ner guten halben Stunde ein Mann reingekommen?

KELLNER: Klar doch, mehrere.

HELLKAMP: Nee, ich mein, einer... könnte ein Türke sein, mit so 'nem dicken schwarzen Bart, ein Schnauzbart.

KELLNER: Nein. Nix.

Im Durchgang zur Küche taucht ein Mann auf, ein Tellerwäscher, nimmt einen Stapel schmutziger Teller von dem Abstelltisch.

KELLNER: Hier. Der da. Der Kellner zeigt auf den Mann. Das ist 'n Türke.

Der Kellner geht weiter, stellt die Teller ab, während Hellkamp den Abwäscher anspricht.

HELLKAMP: Können Sie den mal nach seinen Leuten fragen? Der Junge ist verlorengegangen.

TOLGA: (türkisch) Woher kommst du?

KENDAL: (türkisch mit kurdischem Akzent) Ich heiße Kendal und komme aus Karsas. Mein Vater hat dort ein Haus und Schafe. Ich bin mit einem Onkel gekommen. Er ist ausgestiegen und nicht wiedergekommen.

TOLGA: Is' 'n Kurde. Is' mit 'nem Onkel gekommen.

HELLKAMP: Können Sie den Jungen nicht nehmen? Ich meine erst mal…

Tolga hebt wie zur Entschuldigung nur den Stapel Teller hoch. Der Kellner kommt wieder vorbei.

KELLNER zeigt zur Tür: Also bitte!

Lange Reihe

Hellkamp fährt im Taxi durch die Lange Reihe. Im Fond sitzt Kendal. Plötzlich bremst Hellkamp. Er zeigt auf ein auf der anderen Straßenseite gelegenes türkisches Restaurant.

HELLKAMP: Da, geh zu deinen Leuten!

Kendal zögert. Hellkamp greift nach hinten zur Tür, öffnet sie.

HELLKAMP: Los, raus! Hellkamp macht eine Handbewegung nach draußen: Los!

Der Junge zögert, dann steigt er mit seinem Köfferchen aus.

Lange Reihe

Mehrere Stunden sind vergangen, und es hat zu regnen angefangen. Kendal steht noch immer an derselben Stelle. Er ist durchnäßt und friert, weint still vor sich hin, was im

Regen aber nicht gleich zu sehen ist. In der Hand hält er den kleinen Pappkoffer.

Hellkamp fährt im Taxi die Lange Reihe entlang. Hellkamp blickt zum Bürgersteig, stutzt, sieht einen Jungen im Regen stehen – es ist Kendal.

Wir sehen jetzt Kendal, und daß auch er Hellkamp in dem kurzen Augenblick des Vorbeifahrens erkannt hat. Er blickt dem Taxi nach, dann, plötzlich, leuchten die Bremslichter auf. Das Taxi hält und setzt im Rückwärtsgang zurück, hält auf der Höhe Kendals. Das Fenster geht herunter, Kendal blickt Hellkamp an. Hellkamp beugt sich hinüber und öffnet die vordere Tür.

HELLKAMP unwirsch: Na los, komm schon!

Kendal steigt ein, blickt ängstlich, aber auch erleichtert zu Hellkamp. Ein Schauder durchläuft den Jungen in seinem nassen Pullover. Hellkamp bemerkt es, einen winzigen Moment zögert er, dann zieht er seine Lederjacke aus und hängt sie dem Jungen um die Schultern. Der Junge kuschelt sich in die Jacke.

Hellkamp telefoniert mit der Zentrale.

HELLKAMP: Hab hier 'nen Jungen. Sein Begleiter is' verschwunden. Hat sich bei euch jemand gemeldet. Wird ein Kind vermißt?

FRAUENSTIMME aus dem Funkempfänger: So wird man heute eben Vater. Sie lacht quäkend. Nee. Hier hat sich niemand gemeldet. Wie heißt der Junge?

HELLKAMP zu Kendal: Wie heißt du?

Hellkamp blickt den Jungen an, der verunsichert und etwas ängstlich guckt.

KENDAL: Gehtinordnung.

HELLKAMP: Was?

KENDAL sagt undeutlich: Schnee. (Er sagt auf kurdisch): Schnee.

HELLKAMP: ... Versteht nicht. Is' ein Ausländer, ein Kurde. Wie vom Himmel gefallen.

FRAUENSTIMME: Soll ich die Polizei benachrichtigen?

HELLKAMP zögert einen Moment: Nee, wart noch mal.

Mümmelmannsberg

Hellkamp kommt mit dem Taxi in eines dieser monotonen Neubauviertel, hohe Häuser von einer brutalen Häßlichkeit. An den Wänden Graffitti, die Gehsteige vermüllt. Neben einer ausgebrannten Telefonzelle hat sich ein Auflauf gebildet. Ein Polizeiwagen mit rotierendem Blaulicht steht da. Ein Krankenwagen kommt mit Sirene angefahren. Am Boden sitzt eine Frau, Frau Sebald. Die ungefähr fünfzigjährige Frau Sebald ist für dieses Viertel etwas zu stark aufgedonnert. Ein Polizist betrachtet die blutende Stelle am Bein. Sanitäter kommen mit einer Bahre.

FRAU SEBALD schreit: Immer ich. Das dritte Mal. Immer ich. (Sie jammert): Warum? Warum gerade ich? Ich halt das nicht mehr aus.

NEUGIERIGER 1: Was is 'n los hier?

NEUGIERIGER 2: Hat wieder einer geschossen. Mit 'nem Luftgewehr, und immer auf die Sebald. Immer von da oben, von da irgendwo.

Dort, wohin der Mann zeigt, sind viele zu sehen, sie stehen auf den Balkons, stehen an den erleuchteten Fenstern, glotzen und trinken Bier aus Flaschen und Dosen. Kendal sieht die jammernde Frau, die gerade auf die Bahre gelegt wird. Das fassungslose, ängstliche Staunen in Kendals Gesicht.

Wohnung Großmann

Hellkamp bei seinen Nachbarn. Er schiebt den schüchternen Kendal, dem Hellkamps Lederjacke bis zu den Knien reicht, vor sich her, nimmt ihm dann die Lederjacke von den Schultern. Familie Großmann ist eine dieser subproletarischen Familien: eine chaotische Wohnung. Eine Frau, die in der dreckigen Küche herumpütschert, ein Mann und vier Kinder vor der Glotze. In der Küche sitzt Franziska, ein Mädchen von dreizehn, sie sitzt am Küchentisch und macht Geometrie. Grübelt über einer Aufgabe. Sie reagiert nicht, auch als Hellkamp sie begrüßt. Sie sitzt und grübelt, als sei sie taub.

HELLKAMP: Hallo! (Zu Frau Großmann): Kann der Junge hierbleiben? Bis morgen. Ich muß noch fahren.

MUTTER GROSSMANN: Ja doch, der bleibt, klar doch.

Franziska schreit regelrecht auf, begeistert, jubelt, reißt die Fäuste hoch. Kendal beobachtet sie erschrocken.

FRANZISKA: Genau, genau, genau!

MUTTER GROSSMANN: Mann, was is'n los? Hast du 'nen Knick im Mast?

Die Mutter stößt Franziska an. Franziska schrickt auf und guckt hoch. Sie nimmt sich die Ohrstöpsel heraus und begrüßt Hellkamp und Kendal, der verwundert die Ohrstöpsel auf dem Tisch betrachtet.

FRANZISKA: Hallo!

Franziska wendet sich schnell wieder dem Heft zu.

MUTTER GROSSMANN: Die schlägt völlig aus der Art. Nich'. Jetzt soll sie auch noch 'ne Klasse überspringen. So was is' doch nich' gut. Immer nur lesen und rechnen. Wird man doch brägenklütterig.
Frau Großmann schüttelt den Kopf, sagt dann zu Kendal: Und du?

KENDAL schüttelt den Kopf, sagt, weil er nichts verstanden hat, etwas auf kurdisch: Mein Onkel heißt Seydo, er holt mich bestimmt bald ab.

MUTTER GROSSMANN: Was will er?

HELLKAMP: Ist 'n Kurde.

Mutter Großmann nimmt Kendal das Köfferchen ab, stellt es neben den schmuddeligen Küchenschrank. Kendal guckt sich im Geometrieheft neugierig eine Zeichnung an, die Franziska gemacht hat. Sie versucht, ihm die Zeichnung zu erklären.

FRANZISKA: Das ist der Satz des Pythagoras, hier, die Hypotenuse...

MUTTER GROSSMANN: Komm, verderb ihn nich'. Sie wendet sich Kendal zu: Und du geh ma' und mach was Vernünftiges, geh ma' rüber, läuft Wetten daß...

Frau Großmann schiebt Kendal in das Zimmer, in dem der Fernseher läuft. Dort sitzt Vater Großmann mit vier Jungen, die zwischen fünf und zehn Jahre alt sind, vor dem Fernsehapparat.

KINDER schreien durcheinander:... Der gewinnt... Neee. Niee... Doch klar doch, schafft der... He Alter, ne niee... Doch... Wie denn... Guck doch, Mann... Nee. Schafft er nich'... Nur mit 'n Zähnen, nee... Doch, Mann, eh Alter, daa, hat doch starke Zähne...

Kendal setzt sich scheu neben Vater Großmann auf das Sofa. Vater Großmann hält, ohne hochzublicken, Kendal die Bierflasche hin.

VATER GROSSMANN: Hier. Nimm 'n Schluck.

Kendal trinkt, verzieht das Gesicht.

MUTTER GROSSMANN: Mensch, is' doch 'n Kümmel, dürfen keinen Alkohol.

Die Kinder sitzen mit Kendal vor der Glotze. Kendal sieht fassungslos, wie ein Mann einen Lastwagen an einem Seil mit den Zähnen wegzieht. Er sitzt stumm und staunend da, während um ihn herum die Kinder und der Mann vor Begeisterung toben.

Kendal ist in die Küche gegangen, wo Franziska sitzt und in sich versunken lernt. Vom Wohnzimmer hört man den Lärm aus dem Fernseher und das Schreien der Großmannschen Kinder. Kendal holt aus seinem Koffer die Wunderblume, geht zu Franziska und legt sie ihr auf das Heft. Währenddessen redet er auf kurdisch, was sie aber erst merkt, als sie das Papierknäuel in seiner Zellophanverpackung sieht und sich dann die Stöpsel aus den Ohren nimmt.

KENDAL: (kurdisch) Das ist ein Geschenk von Zine. Und Zine hat es von meiner Mutter geschenkt bekommen. Eine Wunderblume. Sie kommt aus China.

FRANZISKA: Was ist denn das?

Sie befühlt das kleine Papierknäuel durch die Zellophanpackung. Kendal zeigt auf eine der herumstehenden

Schüsseln. Franziska nickt. Er eilt weg und füllt eine graue Plastikschüssel mit Wasser, trägt die Schüssel zum Tisch. Er reißt die Zellophanverpackung auf und wirft das Papierknäuel ins Wasser. Erwartungsvoll starren beide das schwimmende Papierknäuel an. Nichts passiert. Wir sehen die Enttäuschung in Kendals Gesicht, die auch Franziska bemerkt. Sie greift sich die Zellophanpackung und liest die Gebrauchsanweisung.

FRANZISKA: Let it rest over night. Hm. Also morgen.

Sie macht ein Handzeichen, das »Schlafen« andeutet, dann ein Zeichen, das nach vorn, also »morgen« bedeuten soll. Sie deckt die Schüssel mit diesem schwimmenden Papierklumpen mit einem Geschirrhandtuch zu und versucht, ihn zu trösten.

FRANZISKA: Morgen. Mußt eben noch ein bißchen warten.

Aber Kendal versteht nicht und ist einfach nur traurig.

Polizeipräsidium / Zimmer

Der Onkel kommt in das Büro von Kroog. Kroog sitzt am Schreibtisch und hat sich einen Schuh ausgezogen, auch die Socke. Er pudert sich die Zwischenräume der Fußzehen, sorgfältig, ja liebevoll. Vor ihm steht der Onkel.

ONKEL: Hab doch gesagt, ich hab nix.

KROOG: Doch ... Fußpilze ... haste hier reingebracht. Weißt du, was das ist?
Kroog biegt den kleinen Zeh etwas ab, blickt Seydo an und sagt dann scharf: Körperverletzung ist das!

ONKEL gelassen: Nix da.

KROOG: Was heißt das: Nix da. Weißt du, warum du gehen darfst? Du hast Schwein gehabt.

ONKEL: Nix Schwein, ich bin sauber. Ich bin Moslem.

KROOG: Klar, weiß ich doch. Aber du mußt auch wissen: Allah is mächtig, und Allah is' groß, aber hier ist er arbeitslos. Und was du noch wissen mußt: Ich krieg dich. Und ich krieg auch deinen Boß. Kannst ihm ruhig sagen: Ich krieg ihn am Arsch. Ich krieg euch beide am Arsch. Is' für mich 'ne sportliche Frage. So, und jetzt mach 'ne Mücke.

Kroog wedelt den Onkel mit der Hand raus.

Wohnhausdach

Das Dach von dem Wohnhaus, in dem Hellkamp wohnt. Das Dach des mindestens achtstöckigen Neubaus ist gekiest, ein paar Entlüftungsschächte stehen da, der Fahrstuhlaufsatz. Eine schmale Brüstung zieht sich um das Dach. Die Sonne ist eben aufgegangen. Die Häuser, auf die wir blicken – durchweg häßliche Häuser der sechziger Jahre –, liegen jetzt in einem rosigen Schein. In der Ferne ist

die Michaeliskirche zu sehen. Darüber orange leuchtendes zartes Gewölk.
Kendal kniet, blickt gegen Osten. Er betet. Franziska steht an dem Fahrstuhlaufsatz, von dem man aus auf das Dach gelangt.

FRANZISKA: Eh, du, ich muß jetzt los.

Kendal blickt nach Osten, über die Dächer, über die Stadt.

Wohnung Großmann

Kendal und Franziska stehen in der Küche vor dem Küchentisch, auf dem die zugedeckte graue Plastikschüssel steht. Kendal zieht langsam das Geschirrtuch von der Schüssel.
Und da schwimmt wunderbar farbig eine leuchtende Papierblume auf dem Wasser. Wir sehen die maßlose Freude Kendals.

Wohnung Hellkamp

Es klingelt. Hellkamp kommt verschlafen aus dem Bett, öffnet, draußen steht Franziska mit Kendal. Kendal hat sein Köfferchen in der einen und in der anderen eine kleine durchsichtige Plastiktüte, in der etwas Wasser ist, und darauf schwimmt die Wunderblume.

FRANZISKA zu Hellkamp: Hallo. Ich muß zur Schule.

Sie hält Kendal am Pulloverärmel fest: Warte, das Freundschaftsband.

Sie bindet ihm ein Band um das Handgelenk.

FRANZISKA: Hab ich ihm gestern geflochten. Darfste nicht verlieren. Bringt Glück!

HELLKAMP zeigt auf den Wasserbeutel und fragt mißtrauisch: Was hat er denn da? Einen Fisch?

FRANZISKA: Nee. Eine Wunderblume. Bis nachher! Tschüssi!

Kendal hat natürlich nichts verstanden, strahlt aber. Hellkamp starrt auf die Plastiktüte, mißtrauisch, macht dann eine Kopfbewegung. Kendal soll hereinkommen. Hellkamps Appartement: Ein Zimmer mit Küche und Bad. Im Zimmer ein ausziehbares Sofabett, ein kleineres Sofa, daneben eine schlichte grüne Vase, Tisch, Stühle, eine japanische Truhe und ein chinesischer Schrank, sehr schlicht, mit rundem Metallschild. Das Zimmer ist, zumal im Gegensatz zu der Großmannschen Wohnung, extrem ordentlich, ja es ist ausgesprochen ästhetisch eingerichtet. An den Wänden eine japanische Schriftfahne in Rot und Schwarz, mit der Bedeutung: »Nordwind weht, die Blüten fallen«. Ein Schwarzweißposter in einem schmalen Stahlrahmen zeigt die in den Boden gebohrten Schwerter aus dem Film »Die sieben Samurai«. Kendal betrachtet neugierig schüchtern die Einrichtungsgegenstände, insbesondere die kleinen Halogenstrahler und die Hifi-Anlage.

HELLKAMP zeigt auf die Plastiktüte: Bring mal ins Bad. Hier nicht.

Hellkamp zeigt in Richtung Badezimmer. Geht selbst voran. Kendal legt die Plastiktüte vorsichtig dorthin, wohin Hellkamp zeigt, in die Badewanne. Dann schiebt Hellkamp Kendal ins Wohnzimmer, vor den Fernsehapparat, stellt ihm das Programm ein: Ballons, Flugzeuge, fliegende Schweine, die man abschießen kann. Er macht das alles stumm und widerwillig. Zeigt nur die Taste, womit geschossen wird.

HELLKAMP brummt: So. Hier. Damit. So.

KENDAL spricht kurdisch: Mein Herr, wie heißt du? Ich heiße Kendal. Ich komme aus Karsas.

Hellkamp gähnt, legt sich wieder ins Bett. Kendal schießt die Ballons ab. Man merkt, er hat es schnell begriffen, und wir sehen seine schnellen Reaktionen.
Hellkamp schläft. Plötzlich enormer Lärm. Hellkamp schreckt hoch. Kendal hat an der Fernbedienung gespielt, und jetzt dröhnt in einer irrsinnigen Lautstärke eine Band im Fernsehen. Kendal versucht verzweifelt, den Ton herunterzubekommen, drückt auf die Tasten, ein anderes Programm erscheint und wieder ein anderes, alles in einer wahnwitzigen Lautstärke. Hellkamp springt aus dem Bett, mit zwei Sätzen ist er bei Kendal, der ihm erschrocken die Fernbedienung hinhält.

HELLKAMP: Verdammt. Ich will schlafen. Verstehst du.

Hellkamp brüllt: Schlafen! Ich bin müde. Hunde-müde!

Hellkamp schließt die Augen und schnarcht demonstrativ.
Kendal lächelt vorsichtig, hält sich, als Zeichen, was dage-gen zu tun ist, die Nase zu, deutet auf Hellkamp.
Hellkamp schiebt Kendal ins Bad, dann aber fällt sein Blick auf die Badewanne, und er schiebt Kendal in die kleine Küche, läßt Wasser in die Spüle laufen, dreht dann den Zuflußhahn zu. Setzt Seifendosen ins Wasser.
Hellkamp legt sich hin. Wir hören Kendal in der Küche pütschern.
Kendal hat den Staubsauger entdeckt, er untersucht den Rüssel, dann schaltete er das Gerät an. Und wir sehen sei-nen Schreck, als der Rüssel sein Schuhband verschluckt, er zieht ängstlich den Fuß weg, so als könne der Rüssel seinen Schuh vom Fuß reißen. Kendal nimmt etwas von dem Zucker und füttert vorsichtig den Rüssel damit. Kendal quietscht vor Vergnügen, wenn der Rüssel seine Handflä-che ansaugt. Es ist ihm aber doch etwas unheimlich. Er füt-tert den Staubsauger mit Tee. Dann untersucht Kendal die Flaschen in der Küche, offensichtlich will er dem Staubsau-ger etwas zu trinken geben. Er nimmt eine Flasche mit Oli-venöl in die Hand, stellt sie aber wieder zurück, dann eine Flasche mit Hennessy. Er riecht daran, verzieht die Nase, nimmt eine Schüssel, schüttet den Cognac hinein, stellt den Staubsauger an, und der schlürft den Cognac aus. Er läuft einen Moment leer, ein Stottern, ein Rülpsen, dann platzt er auseinander, die Flüssigkeit, die keine Ähnlichkeit mehr mit Cognac hat, ist bis zur Decke gespritzt.
Hellkamp erscheint, verstört, entsetzt.

HELLKAMP brüllt: Hölle!

KENDAL redet aufgeregt auf kurdisch: Mein Herr: Ich hab nur gefüttert. Hier. Nichts weiter, nur gefüttert. Mein Herr. Er hat sich übergeben.

Kendal starrt plötzlich erschrocken auf den Boden, wo ihm Wasser entlangläuft, während Hellkamp noch gequält die Flecke an der Decke und den Wänden betrachtet.

HELLKAMP: Das gibt es doch nicht. Nein! Nein! So ein Mist, verdammter!

Dann verstummt er, als er das Wasser zu seinen Füßen sieht, das Wasser läuft unter der geschlossenen Badezimmertür heraus.
Hellkamp löst sich aus seiner Erstarrung und reißt die Tür auf, das Wasser fließt aus dem Hahn und schwappt über den Badewannenrand. Vor dem Überlaufabfluß hat sich die Wunderblume festgeklemmt. Hellkamp dreht den Wasserhebel zu, fischt die Papierblume raus, knallt sie auf den Boden. Wo Kendal sie sofort aufsammelt und vorsichtig hochhebt.

HELLKAMP: Jetzt reicht's! Endgültig!

Polizeirevier

In dem Revierraum, der von einem durchgehenden Schalter in zwei Hälften getrennt ist, sind vier Polizisten zu sehen. Einer sitzt im Hintergrund und telefoniert. Einer sucht etwas in einem Computer. Zwei sind mit dem Publikumsverkehr beschäftigt. Es herrscht eine ziemliche Aufregung, ein Kommen und Gehen, Telefonklingeln, Durchsagen.

Zwei Mädchen sitzen deprimiert da, von der Kleidung her zu urteilen, sind es amerikanische Rucksacktouristinnen. Einem jungen elegant gekleideten Mann ist ein Zahn ausgeschlagen worden. Er steht mit blutverschmiertem Mund am Schalter und berichtet von dem Vorfall. Seine attraktive Begleiterin tupft ihm mit einem Taschentuch hin und wieder das Blut ab. Ein altes Paar sitzt auf der Bank und wartet, hin und wieder springt der alte Mann erregt auf, wird von seiner Frau wieder beruhigt. Zwischendurch verhandelt Hellkamp seine Sache. Kendal, der nichts versteht, steht von der aggressiven Stimmung eingeschüchtert neben Hellkamp. In der einen Hand hält er sein Köfferchen, in der anderen die Plastiktasche mit der Wunderblume. Er sieht bei Tageslicht besonders ärmlich aus. Der Pullover ist zwar sauber, aber geflickt. Die Hose viel zu weit. Er verfolgt das Geschimpfe und Geschrei erstaunt und verängstigt. Die folgenden Dialoge sollen nicht chronologisch gesprochen werden, sondern sie sollten sich überlagern und sich gegenseitig ins Wort fallen.

MANN: ... wir sind einfach nur dagestanden, haben gewartet, das Taxi kommt, wir wollen einsteigen, meine Freundin wird von einem Mann zurückgedrängt,

FREUNDIN: Hier ... so ... sooo. Sie zeigt auf ihre linke Brust.

MANN: ... und ich sag: moment mal, da schlägt der Mann mir mit der Faust ins Gesicht ... und sagt: Vergelt 's Gott...

POLIZIST 1: Wo ist denn der Mann?

MANN: ... darum bin ich doch hier, ist einfach weggegangen ... wo sind wir denn hier ... in der Bronx oder was...

ALTER MANN ist aufgesprungen: Wie Verbrecher haben die uns behandelt. Aussteigen mußten wir. Und dann noch frech werden. Ich erstatte Anzeige, ich hab die Nummer, hier die Nummer, Namen haben Beamte ja wohl nicht mehr ...

HELLKAMP: ... am Hauptbahnhof eingestiegen ... Belle Alliance ... sein Onkel is' verschwunden...

POLIZIST 2 zu Hellkamp: Am besten, Sie bringen den Jungen in ein Jugendheim. Moment, ich hol Ihnen die Adresse. Wendet sich kurz dem alten Mann zu. Ich komm gleich zu Ihnen...

Der alte Mann steht am Schalter und klopft unentwegt auf das Holz.

ALTER MANN: Ich will nichts als mein Recht ... erstatte Anzeige...

Ein Polizist kommt aus dem hinteren Raum. Hellkamp bemerkt den Blick, auch, wie der Polizist auf ihn zeigt, zu

dem Kollegen, der am Computer arbeitet, eine Bemerkung macht, dieser dann auch hoch- und zu Hellkamp blickt. Auch er hat offensichtlich Hellkamp erkannt.
Hellkamp wird sichtlich unruhig.

HELLKAMP zu Kendal: Du! Sitzenbleiben!

Hellkamp zeigt, daß Kendal bleiben soll, und geht schnell aus der Wache.

Treppenhaus / Lift

Hellkamp betritt den Lift. Kendal kommt gelaufen, bleibt aber vor der Lifttür stehen. Kendal und Hellkamp sehen sich an. Die Lifttür schließt sich. Wir sehen Kendal mit seinem Köfferchen und der Plastiktasche vor der Lifttür stehen und in seinem Gesicht die Enttäuschung und Angst. Da geht die Lifttür wieder auf, und Hellkamp winkt Kendal, in den Fahrstuhl zu kommen.

Jugendheim

Hellkamp steht mit Kendal im Eßsaal des Jugendheims, einem nüchternen, sauberen Bau aus den fünfziger Jahren. Ein Junge deckt die Tische. Kendal steht da, mit seinem Köfferchen und der Plastiktüte, verschüchtert blickt er sich in dem großen Raum um.
Hellkamp spricht mit einem jungen freundlichen Sozialarbeiter.

SOZIALARBEITER: Tut mir leid, die Leiterin kommt erst nachmittags wieder. Ich bin hier nur Praktikant.

Straße

Hellkamp im Taxi. Vorn, neben ihm, sitzt Kendal, sehr brav, sehr still, betrachtet die Blume in der Plastiktüte. Hinten sitzt ein Mann.

FUTTERMITTELVERTRETER: Ist das Ihr Bruder?

HELLKAMP antwortet widerwillig: Sieht er mir ähnlich?

FUTTERMITTELVERTRETER lacht: Hängt von den Eltern ab. Müssen sich bloß mal bei Züchtern umhören. Sachen gibt's, die gibt's gar nicht. Ich kenn mich aus. Bin Vertreter für Futtermittel.

An einer Kreuzung zeigt Kendal plötzlich aufgeregt auf einen Laden, einen Uhrenladen.

KENDAL redet aufgeregt auf kurdisch: Da, da das ist die Uhr. Die wünscht sich meine Schwester zur Hochzeit. Mein Herr, können wir nicht einen Augenblick halten. Bitte.

Kendal macht sogar den Ruf des Kuckucks nach, was sich im Kurdischen aber anders anhört als im Deutschen.

FUTTERMITTELVERTRETER: Was will er denn?

Hellkamp zuckt verständnislos die Schultern. Der Futtermittelvertreter zeigt auf die Wunderblume in der Plastiktüte.

FUTTERMITTELVERTRETER: Was hast du denn da?

HELLKAMP antwortet für Kendal: Grünzeug.

FUTTERMITTELVERTRETER: Ahh, Grünzeug! Weißt du, was ein Elefant pro Woche frißt? Zehn Zentner Heu, Blätter, Äste. Und dann die Wasserbüffel. Die fressen, fressen, fressen. Mein Geschäft, (er lacht). Mais im Angebot und niemand fragt, ob der genbehandelt ist oder nicht. Dem Wasserbüffel ist das wurscht und dem Elefanten auch, wird der Rüssel eben noch länger. Solange die Elefantendamen nicht drauftreten.

Er lacht vielsagend, zwinkert in Richtung Kendal, der ja nichts versteht, aber höflich lächelt. Man merkt ihm an, welche Mühe er sich gibt, nichts falsch zu machen.

Das Taxi kommt an das Tiergartentor. Der Futtermittelvertreter winkt dem Wächter zu, ist dem offensichtlich bekannt, denn der grüßt und winkt das Taxi durch.

FUTTERMITTELVERTRETER: Warten Sie. In einer Stunde bin ich wieder da.

Zoo

Hellkamp mit dem Jungen im Zoo. Kendal hat seine Plastiktüte in der Hand. Er gibt die Tüte Hellkamp, der sich auf die Brüstung aufstützt. Hellkamp nimmt sie nach einigem Zögern und nach deutlich gezeigtem Mißmut entgegen. Die Begeisterung des Jungen über das Walroß, das sich auf den Beckenrand schiebt und mit der Schnauze daran herumschnobert. Kendal zeigt aufgeregt auf das Walroß, will offensichtlich wissen, wie es heißt.

KENDAL sagt auf kurdisch: Mein Herr, ist das ein Fisch? So groß, so dick. Und so einen großen Bart. Wie mein Onkel.

HELLKAMP schweigt, sagt dann unwillig: Walroß.

KENDAL spricht es langsam und mühevoll nach: Walroß.

Hellkamp steht mit Kendal im Freigehege vor einem Affen, der seine Kunststücke vorführt. Plötzlich springt der Affe Hellkamp an, sitzt auf der Schulter und laust ihm den Kopf. Kendal steht daneben und lacht und lacht. Und auch der bislang so finstere Hellklamp taut auf und muß lachen. Wir sehen ihn zum ersten Mal lachen. Er steht da und kann sich nicht einmal richtig gegen den Affen wehren, weil er in der Hand ja Kendals Plastiktüte mit dem Wasser und der Wunderblume hält. Ein Fotograf macht ein Foto. Hellkamp kauft es.

Das Foto: Der Affe auf der Schulter von Hellkamp, dessen Kopf, den Hellkamp einzieht, lausend. Und daneben Kendal, der sich ausschüttet vor Lachen.

Wohnung Hellkamp

Hellkamp und Kendal sitzen am Tisch und essen Spaghetti. Der Junge hat, wie man sieht, noch nie Spaghetti gegessen. Hellkamp beobachtet, wie er mit den Nudeln kämpft. Schließlich greift Kendal mit der Hand zu. Hellkamp gibt ihm einen Löffel und zeigt ihm, wie man die Nudeln aufdrehen kann.

Es klingelt.

Der Onkel steht mit Zinnar, einem großen düsteren Mann, vor der Tür. Wir sollten im Gesicht von Hellkamp eine angespannte Wachsamkeit sehen, und sein Verhalten ist rätselhaft kühl und abweisend.
Kendal wiederum sieht man an, daß er einerseits erleichtert ist, sich freut, andererseits hat er sich inzwischen ja auch schon eingelebt, zeigt also eine rührend vertrauliche Anhänglichkeit.

Onkel auf kurdisch: Kendal, mein Kleiner, komm. Der Onkel umarmt Kendal und sagt dann: Man hat mich verhaftet. Ich konnte nicht zu dir kommen. Geht es dir gut?

Kendal erzählt aufgeregt auf kurdisch, wobei er das Wort Walroß deutsch ausspricht: Ja. Wir haben heute ein Walroß gesehen, wie ein Fisch, mit so einem Kopf, wie ein Stier, aber er hat Flossen, und einen Affen haben wir auch gesehen. Der Affe ist gesprungen, so.
Kendal macht es vor und springt Hellkamp an.
Er ist ihm auf den Kopf gesprungen.

Während der Onkel mit Kendal redet, hat Zinnar das Zimmer gemustert, so als suche er etwas, er bewegt sich auch so in dem Raum. Hellkamp stoppt ihn durch eine entschiedene Geste.

HELLKAMP: Was Sie suchen, haben Sie doch schon gefunden.

ONKEL: Ja, und ich sage: Dank für die Gastfreundschaft. Wir haben bei der Taxizentrale angerufen. Sie haben geholfen. Eine große Freundlichkeit. Sie haben das Kind mitgenommen. Ich möchte Ihnen ersetzen: Fahrpreise und Auslagen.

Der Onkel zieht drei Hundertmarkscheine aus der Jackentasche, legt sie auf den Tisch. Hellkamp macht eine entschieden abwehrende Geste.

HELLKAMP antwortet sehr distanziert: Ich kriege 22 Mark für die Fahrt zum Belle Alliance. Das ist alles. Wir sind quitt.

Hellkamp gibt Wechselgeld heraus. Zinnar öffnet kurz den kleinen Koffer von Kendal, durchwühlt ihn schnell, schließt ihn wieder.
Kendal hat inzwischen das Wasser in die Plastiktüte gegossen und vorsichtig die Wunderblume hineingelegt. Zinnar hat Kendals kleinen Koffer genommen. Kendal verabschiedet sich herzlich und doch auch höflich von Hellkamp. Er macht eine Verbeugung.

KENDAL: (kurdisch) Danke, mein Herr. Danke für alles.

Hellkamp allein in seiner Wohnung. Er sitzt vor dem Fernseher und spielt ein elektronisches Reaktionsspiel, bei dem unterschiedliche Quadrate zugeordnet werden müssen. Er macht es sehr kalt, sehr schnell, sehr konzentriert. Er schießt die Quadrate wie ein geübter Schütze ab.
Es klingelt. Hellkamp geht zu Tür. Draußen steht Franziska, in der Hand eine Glasschüssel.

FRANZISKA: Is der Kleine da?

HELLKAMP: Ne. Haben seine Leute abgeholt.

FRANZISKA: Wollte ich ihm für seine Blume bringen. Schade.

HELLKAMP: Na ja.

Café

Das kurdische Café liegt im Souterrain. Kendal sitzt an einem Tisch mit sechs Männern, unter ihnen zwei ältere Männer und der Onkel. Die Männer rauchen und trinken Tee. Kendal steht auf, gießt den Alten und dem Onkel Tee nach. Er macht das mit großer Höflichkeit, verbeugt sich. Setzt sich wieder.

Spielsalon

Ein großer Spielsalon, in dem viele Geräte aufgestellt sind, davor süchtige Spieler. In dem Salon wird an einarmigen Banditen gespielt.

Im Hintergrund sehen wir Kendal und Bernd. Bernd ist ein deutscher Dealer, etwa neunzehn Jahre alt und heroinsüchtig. Der Onkel und Bernd weisen Kendal ins Dealen ein. Der Onkel zeigt ihm die kleinen weißen Kügelchen.

ONKEL: (kurdisch) Für ein Kügelchen bekommst du 'nen (deutsch) Fuffi. Hier.

Der Onkel zeigt Kendal einen Fünfzigmarkschein.

ONKEL: (deutsch) So.

Sie tauschen. Der Onkel gibt die fünfzig Mark und bekommt von Kendal ein Kügelchen. Dann gibt der Onkel ihm einen Zehnmarkschein. Kendal schüttelt den Kopf.

ONKEL: (kurdisch) Gut.

Der Onkel hält ihm einen Hundertmarkschein hin. Kendal schüttelt den Kopf. Bernd, der zugeschaut hat, lacht. Der Onkel zeigt zwei Finger.

ONKEL: (deutsch) Is' n Blauer.

BERND: Und bei Päckchen mußte aufpassen, daß die dich nich' ficken. Hier nich' 'ne Wende machen. Lassen sich den Stoff zeigen, husten in die Faust, sagen nee, geben dir Zucker zurück. Und schon haben se dich gefickt.

Bernd zeigt ihm den Trick, wie Süchtige das Päckchen nehmen, prüfen und blitzschnell austauschen gegen ein Päckchen mit Zucker.

Bernd: Immer den da: Lucki, lucki, den da.

Bernd zieht sich das untere Augenlid herunter, und wir sehen es in Großaufnahme, dieses gerötete Auge.

Kaufhaus

Der Onkel mit Kendal in einem Kaufhaus an der Mönckebergstraße. Der Onkel kauft Kendal eine Lederjacke. Kendal trägt jetzt statt der umgeschneiderten Hose seines Vaters ein paar Jeans. Wir sehen, wie er unter den Lederjacken eine aussucht, die der Jacke von Hellkamp ähnelt und tatsächlich auch eine 7 auf dem Rücken hat. Er zieht die Jacke an, die ihm zu groß ist, und betrachtet sich im Spiegel. Er streicht über die Ärmel und strahlt zufrieden.

Onkel: (kurdisch) Die ist zu groß.

Kendal: (kurdisch) Aber sie ist schön. Und sie ist warm und so weich. Darf ich die haben?

Glücklich und stolz geht er in seiner neuen Lederjacke und den Jeans an der Seite des Onkels aus dem Kaufhaus.

Sternschanze / Wasserturm

Ein Gang durch die Szene. Die Süchtigen, die an Bäumen hocken, die heruntergekommen in Gruppen zusammenstehen, mit diesen erbärmlichen Tölen. Sie unterhalten sich in einer der trostlosen Situation entsprechend ramponierten Sprache. Ein junges Mädchen, das sich in den Fuß spritzt. Ein Junge, der dem anderen das Bein abbindet. Eine junge Frau sitzt auf einer Bank und kotzt. Daneben steht ein Mann, der monoton sagt: »Eisbären, Eisbären, Eisbären«. Dann sehen wir Kendal, beim Dealen. Etwas entfernt sehen wir den Onkel im Auto sitzen.
Schnitt.
Der Onkel beobachtet Kendal.

Spielsalon

Im Salon sind vier jugendliche Dealer, zwei deutsche, die ungefähr siebzehn Jahre alt sind, und zwei Kinder, Kendal und ein anderer kurdischer Junge, der ungefähr dreizehn Jahre alt ist. Der Spielsalon ist geschlossen. Nur an einem Automaten sitzen zwei elegant gekleidete Männer. Misto, der Chef, auch für den Onkel. Misto, der fließend Deutsch spricht, spielt, ohne sich für das folgende Geschehen zu interessieren, an einem einarmigen Banditen. Neben Misto, ebenfalls an einem einarmigen Banditen spielend, steht ein anderer Großdealer, den man sofort als Deutschen erkennt, Johst. Beide sind, wie man merkt, keine fanatischen Spieler, machen es nur eben so, aus Zeitvertreib. Wir hören ihr Lachen. Hin und wieder einen Ausruf: »Ahha! Verflixt!« Lachen. »Nein auch. Nix.«

Das spielerische, gelassene Treiben der beiden sollte im scharfen Gegensatz zu der Szene der Abrechnung stehen. Der Onkel zählt die verbliebenen Heroinkügelchen ab und vergleicht damit das eingenommene Geld. Der Onkel lobt Kendal, tätschelt ihm die Wange.

ONKEL: (kurdisch) Gut, mein Kleiner. Gut gemacht.

Bernd wandert währenddessen völlig abgedreht herum, legt ein Schlüsselbund auf einen Spieltisch, wandert weiter, sucht dabei etwas in den Hosen-, in den Jackentaschen, dann hebt er wieder das Schlüsselbund auf, wandert weiter, getrieben, hektisch, wischt fahrig mit dem Arm über den Tisch, auf dem das Geld und die Kügelchen abgezählt werden. Geldscheine flattern zu Boden. Bernd latscht darüber.

ONKEL sagt scharf: Paß auf! Wo ist die Kohle?

Bernd zeigt stumm auf einen anderen Tisch. Dort liegt das Geld und die restlichen weißen Kügelchen. Der Onkel zählt kurz nach, die Geldhäufchen, dann die Kügelchen. Es fehlt das Geld für zwei Kügelchen.

ONKEL: Da fehlen zwei. Wo ist das Geld?

BERND: Verloren.

ONKEL: Das Geld?

BERND erklärt und wird beim Reden immer schneller und hektischer: Nee, der Stoff, geklaut (immer schneller und hektischer werdend), war im Park, kamen die Bullen, kenn die doch, kennen mich, haben gleich zugegriffen, zack, hatten mich, ich hab geschluckt, ging nich' alles rein, so schnell ...

ONKEL: Klar. Der Onkel brüllt: Den Stoff hast du selbst reingeworfen. Der Onkel tritt Bernd in den Hintern, brüllt noch lauter: Sau, du, ist das letzte Mal, dieses Mal, is' das letzte Mal. Der Onkel schlägt Bernd mit der flachen Hand gegen den Kopf.

BERND: Nee Mann, nee ... hm ... war nich' ... war'n weg, die glaub Mann ... nee ... nächstes Mal also ...

ONKEL spricht wieder ruhig: Ich sag's, ist das letzte Mal. Das Geld wird abgezogen, is' das klar? Wenn nich, biste am Arsch, kannste Spritzen sammeln gehen.

BERND: Nee, Mann, Mann, bestimmt nich', versprochen, also nee, bestimmt nich' ... bitte...

Kendal hat sich währenddessen mit seiner Wunderblume beschäftigt. Er hat sie aus der Tüte genommen, die er, damit das Wasser nicht ausläuft, sorgfältig verknotet. Er streicht die Papierblätter vorsichtig glatt. Nur einmal blickt er erschrocken auf und beobachtet den Onkel und dessen Gewaltausbruch, den Tritt, den Schlag und den sich vor Verzweiflung windenden Bernd.
Misto hat von alldem unberührt weitergespielt und ge-

winnt jetzt am Spielautomaten, die Münzen klappern in das Geldbecken.

JOHST: Der Teufel scheißt immer auf den größten Haufen.

MISTO lacht: Mein Lieber, dann müßtest du ja in der Scheiße ertrinken.

JOHST: Dafür gibt's ja Rettungsringe. Hab wieder 'ne erstklassige Abschreibung. Seniorenheime in der Magdeburger Börde. Stehen alle garantiert leer. Kannste auch einsteigen. Johst lacht.

Der Onkel kommt zu den beiden herüber und gibt Misto das Bündel Scheine. Misto steht auf, wiegt die Handvoll Geldmünzen einen Moment.

MISTO: Das ist doch noch was. Dagegen diese Papierlappen.

ONKEL: (kurdisch) Noch in der Nacht wärmt die Mauer, auf die am Tag die Sonne schien.

Misto nickt dem Onkel kurz zu und geht mit Johst zur Tür, als er an Kendal vorbeikommt, tätschelt er dem den Kopf und schenkt ihm die gewonnenen Münzen.

MISTO: (deutsch) Dein Vater wird stolz auf dich sein.

Misto geht mit Johst hinaus. Sie steigen in einen großen Mercedes ein.

Bernd setzt sich eine Spritze. Er sinkt weg, erleichtert, endlich diese Ruhe.
Kendal hat ein Geldstück eingeworfen und spielt an einem der Automaten.

ONKEL sagt streng auf kurdisch: Du sollst nicht spielen!

Gehorsam geht Kendal von dem Apparat weg. Wir sehen in den noch rotierenden Walzen das Gesicht des Onkels.

ONKEL: (kurdisch) Hab Misto seit dem Tod seines Bruders nie so fröhlich gesehen.

BRUSK: (kurdisch) Mistos Tochter ist Schulbeste. Kann jetzt in Berlin Medizin studieren.

Sternschanzen Park / Wasserturm

Minderjährige Mädchen stehen auf dem Straßenstrich. Wir sehen, wie ein Mädchen zu einem Mann in den Wagen steigt. Dealer. Junge Zuhälter. Deutsche, Türken, Kurden, Schwarzafrikaner. Kendal und Bernd beim Dealen. Kendal geht herum, in der einen Hand seine Plastiktüte mit der Wunderblume. Ein Mädchen gibt Kendal Geld. Es sind nur zwanzig Mark.

KENDAL: Nee, nix, 'nen Fuffi.

Kendal gibt ihr das Geld zurück. Das Mädchen verfolgt Kendal, der weitergeht, läuft nebenher, bettelt verzweifelt.

Dabei gestikuliert sie, denn das Deutsch von Kendal reicht nicht aus. Es muß eine gestische Verständigung gezeigt werden.

MÄDCHEN: Hör ma', ich hab nur 'nen Zwanziger hier. Kriegst morgen mehr. Morgen dreißig. Mensch ich fall um, (kurdisch) Geld morgen, (deutsch) du verstehen, (kurdisch) drei morgen, heute zwei, (deutsch) hör ma', ich fall um, fall um, Mensch, um, kannst' nich', hier, ich mein ... morgen. Bestimmt! Ganz bestimmt.

Er gibt dem Mädchen ein Kügelchen. In dem Moment fahren zwei VW-Busse der Polizei auf das Gelände. Polizisten springen heraus. Eine Razzia. Typen, die wie Drogensüchtige aussehen, rennen hinter Dealern her. Alles rennt auseinander. Nur Kendal bleibt arglos stehen. Er wird festgenommen.

Polizeiwache

Kendal auf der Wache. Versammelt sind vier Zivilfahnder. Kendal steht da, zitternd, verängstigt. Der eine Zivilfahnder hat ihm drei Kügelchen abgenommen und untersucht die Wunderrose, die inzwischen recht matschig aussieht.

POLIZIST: Brauchste gar nicht dem Amtsarzt vorzuführen. Der is' so minderjährig, minderjähriger geht's gar nicht.

Der Zivilfahnder riecht mißtrauisch an der aufgelösten Wunderblume.

ZIVILFAHNDER: Was is'n das?

Kendal bettelt, daß man ihm die Blume wiedergibt.

KENDAL: Bitte. Mein Herr. Bitte.

Kroog sitzt dabei und hat die Szene beobachtet. Er läßt sich die Wunderblume von dem Zivilfahnder geben und winkt Kendal zu sich.

KROOG ruft zu Kendal: Komm mal!

KENDAL: (deutsch) Ich zehn. Mein Herr. Ich zehn. Ich zehn.

KROOG: Ja, ja, weiß schon, hast gut gelernt. Erzähl mir mal, wer gibt dir das Zeug? Ich mein' nicht diesen Matsch. Krog deutet auf die Wunderblume: Nein, sondern das hier. Er zeigt ihm auf der flachen Hand die Heroinkügelchen.

KENDAL: Entschuldigung. Ich zehn. Ich zehn.

KROOG: Erzähl. Kannste hierbleiben. Kriegste 'n schönes Zimmer. Schule. Mußt nur sagen, woher du das Zeug hast. Woher?

KENDAL: Gehtinordnung. Ich zehn. Ich zehn. Kendal zeigt, während er redet, auf die Wunderblume: Bitte! Geben! Bitte!

Kroog wirft sie ihm zu und macht eine Handbewegung, der Junge soll verschwinden.

Jugendwohnheim

Kendal ist von einem Polizisten in das Jugendheim gebracht worden. Der Aufenthaltsraum, in dem auch gegessen wird. Ein Fernseher läuft. Jugendliche, die in verschiedenen Sprachen miteinander reden, Afrikaner, Rumänen, Russen, Kurden, Pakistani, Tamilen. Im Fernsehen läuft ein Fußballspiel. 2. Bundesliga. St. Pauli spielt. Ein Verein, mit dem sich die meisten der Kinder offensichtlich identifizieren. Zwischendurch kommt es im Hintergrund zu einem Handgemenge, das ein Jugendfürsorger, ein Kurde, Husso, schlichten muß.
Frau Jansen, die Heimleiterin, wartet schon, sie ist telefonisch benachrichtigt worden. Eine Frau Mitte Vierzig und immer am Rande des Nervenzusammenbruchs. Immer das Beste wollend, darum auch immer überfordert, mit einem Hang zur Katastrophenstimmung und einer starken Neigung zum Selbstmitleid. Eine verdeckte Trinkerin. Sie trinkt kleine Flaschen Magenbitter.

JANSEN: Ah, du bist der, der, ähh ...

HUSSO: ... Kendal ...

JANSEN: Kendal ... ja ... ähh ... willkommen im Heim, bist angekündigt, hast du schon gegessen?
Sie winkt einen der Jungen heran: Komm mal her, das ist Kemal ...

HUSSO: Nein ... Kendal heißt er.

JANSEN: Ja. Kendal ist der Neue. Er wird bei dir schlafen...

BILLY: Nee, nix, hab schon 'nen Kumpel...

HUSSO: Nein, Kendal sollte zu Antonescu...

JANSEN: Ah... Also den ... Seid doch mal ruhig... da ... könnt ihr nicht ... Daß sie den auch jetzt noch bringen ... Ich hab gesagt, wir sind randvoll ... Man kann doch nicht einfach das nächstbeste Heim nehmen ... Ruhe...

HUSSO: (kurdisch) Keine Angst, wir helfen dir...

POLIZIST: Brauchen Sie mich noch?

JANSEN: Ja ... Moment ... also   nein ... äh ... hat er ... Personalien...
Sie fragt Kendal: Hast du einen Paß?

Kendal schüttelt nur den Kopf. Frau Jansen schraubt einen Magenbitter auf, trinkt das Fläschchen aus, steckt es in die Kostümjackentasche.

Im Jugendwohnheim

Es ist ein sauberes adrettes Zimmer. An den Wänden hängen Plakate von Fußballvereinen: St. Pauli. Bilder von Filmsternchen, im Bikini oder tief dekolletiert. In dem Zimmer stehen zwei Doppelbetten. Die anderen drei

Jugendlichen kommen aus verschiedenen Ländern: ein Junge aus Afghanistan, Achmed, ein Deutscher, ein extrem kräftiger Junge, Billy, und ein Algerier, genannt Karate Fudij. Die drei wohnen schon längere Zeit zusammen, und die Ablehnung gegen Kendal ist bei Billy und Fudij sofort spürbar. Die drei laufen in Unterhosen herum. Kendal hat sich bis auf die Unterwäsche – also Unterhemd und Unterhose – ausgezogen. Frau Jansen kommt ins Zimmer. Sie legt einen kleinen Kulturbeutel und zwei Handtücher auf das obere Bett.

JANSEN: Hier ist dein Bett. Der Junge kommt erst in einer Woche zurück. So lange schläfst du hier. Und vertragt euch! Und ... ähh ... schlaft gut.

Frau Jansen geht aus dem Zimmer. Billy geht langsam auf Kendal zu, tippt ihm kurz vor die Brust.

BILLY: Damit klar is', du unten, du immer noch kleiner Hosenpisser.
Billy klopft Kendal mit dem Fingerknöchel gegen den Kopf.
Kapito ... ich bestimme ... ich deutsch ... kapito ... und was die Heimfotze sacht, is' hier nich' Sache, klaar, hier ... du besser hier raus ... kapito!

Billy fegt Handtücher und den Kulturbeutel vom Bett. Kendal sammelt, Seife, Zahnpasta, Zahnbürste vom Boden ein. Billy entdeckt die nasse Wunderblume, die Kendal auf das Laken gelegt hat. Billy nimmt sie mit spitzen Fingern, reißt dabei ein Blatt ab.

BILLY: Was is 'n das für'n Matsch.

Kendal springt auf, sehr erregt.

KENDAL: (kurdisch) Gib mir sofort die Blume. (deutsch) Gib. Los. (kurdisch) Mach sie nicht kaputt!

Billy läßt die Blume fallen, und Kendal bückt sich, sammelt sie vorsichtig auf.
Fudij, der auf dem anderen Stockbett oben liegt, hustet betont künstlich und gießt dabei den Hustensaft auf den Kopf von Kendal aus.

FUDIJ: Hab hier Husten. Ich! Heut! Nix Schule! Und du kleiner Schwanzlutscher auch nich'. Du auch Husten. (Fudij hustet demonstrativ).

KENDAL: Was is'?

Kendal riecht an der klebrigen Hand.

FUDIJ: Is' Hustensaft. Mußte ablecken, so. Fudij macht es vor und redet weiter: Dann Husten weg. Is' kalt hier. Kriegst 'ne Nille, die tropft, und' ne Nase, is' doch nich' gut, nee, geh ma' zur Heimfotze, und frach und sach, du willst'n anneres Zimmer... hier is' Fudij, und Fudij hat Erkältung...

Achmed hat Kendal die Zahnbürste aufgehoben.

ACHMED: Fudij! Laß ihn in Ruhe!

Achmed gibt Kendal ein paar Papiertaschentücher.
Hier, kannste abwischen.
Er hilft ihm, den Hustensaft aus dem Haar zu wischen.

Es ist dunkel im Zimmer. Von draußen dringt das mono-
tone Blinken einer gelben Ampel ins Zimmer.
Achmed und Kendal, die in den unteren Betten liegen, flüstern. Kendal unterdrückt das Schluchzen. Hat zunächst
die Bettdecke über das Gesicht gezogen, dann, während sie
flüstern, sieht man sein Gesicht, dieses zutraulich offene
Gesicht.

ACHMED flüstert: Woher kommste?

KENDAL: Türkei. Und du?

ACHMED: Kabul. Hast 'ne geile Jacke. Wo haste die geklaut?

KENDAL: Nee. Geschenk.

ACHMED: Sach ma' kannste rechnen?

Achmed reicht Kendal ein Heft hinüber und mit dem Heft
eine Taschenlampe. Kendal macht die Taschenlampe an.
Wir sehen ein Aufgabenheft mit Bruchrechnung.

ACHMED: Muß ich morgen abgeben. Schule. Kannste das?

Kendal guckt und nickt, und wir sehen, wie der Kummer
aus Kendals Gesicht verschwindet und einer nachdenk-
lichen Konzentration Platz macht.

Kendals Traum

Eine Landschaft in Kurdistan. In einem überhellen Licht steht – das alles wird in Schwarzweiß gezeigt – ein mächtiger Kirschbaum. Unten vor dem Baum steht die Schwester von Kendal. Im Baum sitzen Ugur, der etwa 22jährige Bruder von Kendal, und Kendal. Ugur singt ein kurdisches Volkslied, Kendal fällt in den Gesang ein. Eine idyllische Szene, die plötzlich durch einen ohrenbetäubenden Lärm überlagert wird. Ugur singt, wir sehen die Mundbewegungen, hören aber nichts mehr. Die Helligkeit verschattet sich, wie von einem großen Vogel. Der aufgerissene Mund von Ugur. Ein Ast bricht. Der Korb mit Kirschen fällt herunter.

Schnitt zu einer weißen Häuserwand, über die – jetzt in Farbe – ein dickflüssiges Rot gespritzt wird. Kendals Schrei.

Jugendwohnheim

Kendal sitzt im Bett und schreit. Die anderen Jungens sind wach geworden. Kendal verwirrt, seufzt und stöhnt. Achmed kümmert sich um ihn.

ACHMED: Sei ruhig…

BILLY: Wassen los? Mann?

FUDIJ: Schnauze! Alter Stehwichser! Verstehste! Schnauze!

ACHMED beugt sich über Kendal: Komm, hast geträumt.

Kendal sinkt in sein Bett zurück.

Jugendwohnheim

Es ist Morgen. Kendal liegt im Bett. Er liegt da, bis unter das Kinn zugedeckt und will nicht aufstehen. Fudij kommt von der Dusche zurück, in Unterhose, Plastiklatschen an den Füßen.
Achmed geht mit dem Handtuch und Kulturbeutel raus.
Billy zieht sich an. Billy nimmt die Lederjacke von Kendal, die auf einem Stuhl liegt, hoch, prüft die Ärmel, den Kragen, den Rücken mit der 7.

BILLY: Geile Jacke, das. Kannst mir ma' leihen! Sach ma', willste nich' aus'm Bett raus? Kannst nich'. Haste gewichst, wa ... Riecht so ... Is' nich' der flotte Schleim ... is' Pisse ... zeich ma' ...

Billy reißt die Bettdecke weg, die Kendal verzweifelt festhält. Wir sehen, Kendal hat ins Bett gepinkelt.

BILLY: Du Bettpisser ... wußt' ich doch ... wärst rauf ... oben ... und hättst mir auf'n Kopp gepißt ... kleine Ferkelsau ... wa ... krieg ich die Jacke ...

Billy greift sich die Lederjacke. Kendal springt aus dem Bett und stürzt sich auf den wesentlich größeren Billy, der schnell aus dem Zimmer läuft, dabei höhnisch lacht.

Kendal verfolgt Billy durch den großen Aufenthaltsraum. Billy hält ihm immer wieder die Jacke hin. Wenn Kendal danach greift, schlägt ihm Billy mit kurzen Karateschlägen den Arm weg, hin und wieder gibt er Kendal eine Ohrfeige, mal kräftiger, mal weniger kräftig. Andere Jugendliche kommen hinzu, beobachten die beiden.

KENDAL: (kurdisch) Ist meine Jacke. (deutsch) Gib Jacke her! Los, Jacke, gib Jacke!

BILLY: Du Bettpisser. Stehwichser. Liebe Mamafotze nich' da, wa. Kleiner Bettpisser.

Kendal hat Billy angesprungen und läßt sich nicht abschütteln, er hat sich in Billy regelrecht verkrallt. Billy läßt die Jacke fallen, schreit auf. Kendal hat ihn in den Arm gebissen.

BILLY: Du Sau, ich mach' dich alle ... ich fick dich ... ich reiß' dir den Schwanz raus ... du kleiner Dummficker...

Billy hat ihn abgestreift und schlägt brutal auf ihn ein. Husso kommt und geht dazwischen. Packt Billy brutal, man sieht, der Mann beherrscht einen Kampfsport.

HUSSO schreit Billy an: Du blöder Sack. Was fällt dir ein. Den Jungen so zu schlagen. Hier seh ihn dir an. Was du gemacht hast. Hast ihn blutig geschlagen. Findst du das gut? Antworte!

Billy grinst Husso an. Aus dem Hintergrund hebt Fudij den Daumen, um zu zeigen, wie klasse er das findet. Und Billy macht mit den Fingern das Victory-Zeichen.

Toilette

Kendal hat sich in der Toilette eingeschlossen. Er weint still vor sich hin. Er zieht aus seiner Jackentasche eine Plastikdose, öffnet sie. In der Plastikdose liegt die vertrocknete Papierblume. Er glättet vorsichtig die blauen und die roten Blätter, die ziemlich verschrumpelt aussehen, auch schon an Farbe verloren haben. Plötzlich wird ein Heft unter der Toilettentür durchgeschoben.

ACHMED ruft durch die verschlossene Tür: Kannst ma' rechnen. Muß ich abgeben, heute. Muß gleich los.

Kendal nimmt das Heft und betrachtet die Aufgabe, und während er die Zahlen studiert, eine einfache Bruchrechnung, hört er auf zu weinen.

Aufenthaltsraum

In dem Aufenthaltsraum drängen sich vierzehn Kinder und Jugendliche. Einige sitzen und frühstücken, andere tragen Tassen mit Tee zum Tisch. Ein Jugendlicher läuft hinter einem anderen her. Jemand wird umgerempelt. Dazwischen sehen wir Frau Jansen und Husso und zwei Jugendfürsorger.

In diesem Trubel sitzt Kendal konzentriert über einer längeren Bruchrechnung. Neben ihm steht ungeduldig wartend Achmed.

Straße vor Jugendwohnheim

Vor dem Jugendheim steht ein Mercedes. Darin sitzt der Onkel und wartet. Kendal kommt aus dem Heim. Der Onkel hupt, fährt etwas vor. Kendal entdeckt ihn, und wir sehen seine wirklich grenzenlose Freude. Er läuft zum Onkel und steigt ein, die beiden unterhalten sich auf kurdisch.

KENDAL: Ich hab' auf dich gewartet.

ONKEL: War zu Hause. Sie lassen dich grüßen.
Aber dein Vater macht sich Sorgen.

KENDAL: Hast du ihnen nicht gesagt, daß es mir gutgeht?

ONKEL: Doch. Aber dein Vater wartet auf Geld. Du weißt, Deine Schwester soll den Hemmo heiraten. Und dein Vater will einen Widder kaufen. Ich hab' dir etwas mitgebracht.

Der Onkel schenkt Kendal ein kleines Goldkettchen. Kendal strahlt.

Einige Monate später.

St. Georg

Hellkamp fährt mit einem Fahrgast im Taxi durch die Straße. Er hält an einer Ampel und entdeckt Kendal in der Lederjacke mit der Nummer 7 auf dem Rücken. Kendal dealt gerade, wir sehen, wie er ein Kügelchen einem Junkie gibt, Geld bekommt und es schnell einsteckt. Dann hüpft er kindlich auf einem Bein über die Platten des Bürgersteigs, er spielt in sich versunken eine Art Hinkepott. Hellkamp hält am Straßenrand und ruft.

HELLKAMP: Hallo! Kendal!
Hellkamp dreht sich zum Fahrgast um: Moment bitte.

Kendal kommt herbeigelaufen, und man sieht, wie sehr er sich freut. Kendal spricht inzwischen recht gut Deutsch, allerdings ein ziemlich breites und brutales Hamburgisch.

KENDAL: Heh, Bruder.

HELLKAMP: Wie geht es dir?

KENDAL: Ach, … hab ja 'ne neue Mutter.

HELLKAMP: Na und?

KENDAL: Na ja, die Heimmutter. Hat immer so kleine Flaschen, trinkt sie so, zack, steckt sie dann ein. Kendal imitiert ihre Sprache und ihre Gesten: Was für ein Tag, hab so einen Kopf, wo is' denn Husso, ach nee, Achmed, bist doch Achmed, nee, was sag ich, der Kendal, nein auch, all diese Namen und dann noch Migräne, nicht auszuhalten, und der Magen ...

Kendal dreht gestisch ein Fläschen auf, tut, als trinke er es aus.

Macht sie den ganzen Tag so.

Kendal sagt nach einer kleinen Pause aber mit großem Ernst: Ich wollt dich mal besuchen. Weiß nicht, wo du wohnst.

FAHRGAST: Ich hab's eilig.

HELLKAMP: Moment.

Hellkamp gibt Kendal eine Karte, wirkt aber wie abwesend. Drüben hält der Mercedes vom Onkel, in dem auch Brusk sitzt. Brusk ist ausgestiegen. Er blickt sich nur kurz um, geht dann in das Café »Zönnar«. Hellkamp blickt Brusk hinterher.

Kiel / Straße

Erinnerungssequenz. Eine Szene, die stark überbelichtet gezeigt werden soll. Zwei Männer sind aus dem Auto ausgestiegen, zwei Dealer, der eine ist Brusk. Plötzlich stürzt sich ein Zivilfahnder auf Brusk, der andere Dealer greift in die Jackentasche. Und wir sehen, wie dieser Dealer eine Pistole auf den Zivilfahnder richtet. Dieses Moment, das

Ziehen der Pistole sollte in Zeitlupe gezeigt werden. Hellkamp ist in dieser Sequenz nicht zu sehen.

St. Georg / Straße

Hellkamp sitzt im Taxi und beobachtet Brusk, nachdenklich, dann, als der sich zu ihm umdreht und in Hellkamps Richtung blickt, wendet er schnell das Gesicht dem Fahrgast zu.
Kendal hat Hellkamps kurze Absenz bemerkt, und auch der Fahrgast wird unruhig. Zugleich sehen wir den Onkel, der jetzt gespannt herüberblickt und Kendal beobachtet.

FAHRGAST: Hören Sie ... ich hab's wirklich eilig...

HELLKAMP sagt zu Kendal: Also, mach's gut.

Wir sehen, wie der Onkel Hellkamp mustert und Hellkamp den Onkel. Hellkamp fährt schnell an und weg.

Bank

Der Onkel und Kendal stehen vor einem Bankschalter und zahlen 1000 Mark ein.

ONKEL: (kurdisch) Dein Vater wird stolz auf dich sein. Er kann jetzt die Hochzeit von Zine vorbereiten.

Straße vor dem Jugendwohnheim

Kendal wird vom Onkel mit dem Auto vorgefahren. Kendal steigt aus. Husso, der kurdische Sozialarbeiter, kommt aus dem Eingang gestürzt und beschimpft den Onkel.

HUSSO: (brüllt auf kurdisch) Verfluchtes Gesocks. Verschwindet. Schmeißfliegen. (deutsch) Aas seid ihr, Aasfresser. Ihr seid der Abschaum der Menschen. Verflucht, ihr Schweinepack.

Brusk, der neben dem Onkel gesessen hat, ist ausgestiegen und hat Husso einen blitzschnellen Faustschlag in den Magen gegeben. Husso krümmt sich. Kommt wieder hoch.

HUSSO: Schweinepack.

Brusk schlägt Husso ins Gesicht. Frau Jansen und ein paar Jugendliche erscheinen im Eingang.

FRAU JANSEN schreit: Polizei. Ruft die Polizei.

Brusk steigt ein. Der Onkel fährt weg. Das alles geht sehr schnell. Husso wischt sich das Blut vom Mund, von der Nase, dabei schimpft er, verwünscht die Clockers in einer feierlichen patriarchalischen Weise.

HUSSO: (deutsch) Ratten! Schmeißfliegen! (zu Kendal) Dein Onkel und die anderen sind eine Schande, eine Schande für uns, eine Schande für unseren Kampf. (kurdisch) Sie sollen verflucht sein! (deutsch) Sie beleidigen deinen Bruder Ugur. Gesindel! Werden reich von der Not der anderen Menschen. Verstehst du. Sie beleidigen deinen Bruder Ugur. Der ist im Kampf gefallen. Und die? Was machen die? Pfui. Und Aber-Pfui. Er spuckt aus.

Husso spuckt in die Richtung, wo der Wagen gestanden hat, aus. Kendal hat Husso verschüchtert und betroffen zugehört.

Uhrengeschäft

Kendal in einem Uhrengeschäft. Er beguckt sich die dort aufgehängten Kuckucks-Uhren, und er tut es mit einer kindlichen Neugierde und Unschuld. Der Besitzer, der einen Kunden bedient und Kendal zunächst mit einigem Mißtrauen beobachtet hat, reagiert bei dem gezeigten Interesse dann doch freundlich.

KENDAL: Was kostet diese Uhr?

UHRMACHERMEISTER: Viel, sehr viel ... 800 Mark. (zum Kunden) Dafür ruft der Kuckuck aber auch besonders schön.

Er läßt den Kuckuck rufen, und wir sehen die Begeisterung von Kendal.

Straße

Kendal kommt die Straße entlang, sieht plötzlich neben zwei Ascheimercontainern Billy und Fudij stehen. Kendal zögert, geht dann weiter, ängstlich. Billy und Fudij rauchen.

BILLY: Komm mal her, du kleiner Arschficker. Gib mal 'nen Wurf!

KENDAL: Hab' nix.

BILLY: Hab' nix, bist verrückt, hab' nix, hab' nix. Teure Jacke haben und so, hast Geld, Mann, wie Scheiß. Los, gib uns'n Hunni, könnwer was einwerfen. Los.

Kendal will weglaufen, aber Fudij packt ihn, hält ihn fest. Untersucht die Taschen.

FUDIJ: Hat nix. Wo, sach ma', wo?

BILLY: Hat nix, Mensch, dann musste mir einen lutschen. Los, Mund auf. Und wehe du Sau beißt, hack ich dir die Eier ab.

KENDAL: (brüllt) Nein. Nein. Bitte.

FUDIJ: Will nich'. Will nich'. Dann ficken wir dich. Los, Hose runter.

Sie ringen. Kendal schreit verzweifelt. Ein Auto kommt vorbei, hält kurz. Kendal kann entwischen. Wir sehen ihn,

Kendal (Arman Kuru) muss seine kurdische Heimat verlassen.

Kendal bei seiner Ankunft in Deutschland.

Kendal beobachtet eine Straßenszene.

Kendal mit seinem Onkel (Ercan Durmaz).

Kendal bei der „Arbeit".

Kendal wird von Zivilfahndern (Helmuth Zhuber, Ulrich Westermann) gestellt.

Taxifahrer Hellkamp (Oliver Korittke) wird Kendals Freund und „Bruder".

Kendal faßt sofort Vertrauen zu Hellkamp.

Hellkamp kümmert sich um Kendal.

Am Strand spielt Hellkamp mit Kendal Kickball.

Franziska (Yasmin Asadi) erklärt Kendal den Satz des Pythagoras.

Gaby (Lisa Martinek) ist zunächst gar nicht begeistert von Hellkamps „Untermieter".

Zwischen Kendal und Franziska entwickelt sich eine echte Freundschaft.

Hellkamp mit Bootsbauer Kruse (Michael Gwisdek).

Hellkamp in der Türkei.

wie er die Straße entlanghetzt. Er versteckt sich in einem Hauseingang, er hockt da, atemlos, verzweifelt, von Angst geschüttelt.

Jugendwohnheim

Ein gekacheltes Bad mit mehreren Duschzellen. In einer dieser Zellen steht Kendal. Es dampft gewaltig.
Davor steht Achmed.

ACHMED: Eh! Kendal, was machst 'n da immer so lange? Mußt noch meine Aufgaben machen.

Wir sehen Kendal in der Dusche stehen. In diesem warmen Wasser und sein Gesicht, ein Ausdruck von Glück und Geborgenheit.

St. Georg

Kendal beim Dealen. Inzwischen ist die Sprache von Kendal völlig verroht. Er geht, seiner Macht bewußt, durch eine Gruppe von Junkies hindurch. Bernd verhandelt mit einem Mädchen. Ein Junkie gibt Kendal einen Hunderter. Kendal prüft ihn mit Kennermiene.

KENDAL:
Willste mich verarschen. Kendal gibt dem Junkie den Schein zurück: Is' nich' echt.

JUNKIE bettelt Kendal an: Mensch, Kendal, komm, ich zahl' morgen, kriech' morgen wieder Geld von meinem Alten, bestimmt...

KENDAL: Komm, fick dich ins Knie...

Kendal geht weiter. Eine junge, elegant gekleidete Frau hält ihm einen Fünfzigmarkschein hin. Er gibt ihr ein Kügelchen. Zwei Zivilfahnder, die bislang herumstanden, greifen zu. Der eine nimmt Bernd fest, dreht ihm den Arm um. Der andere versucht, Kendal festzunehmen, der taucht aber blitzschnell unter dem Griff ab und rennt weg. Der Zivilfahner rennt hinterher.

ZIVILFAHNDER: Halt, Polizei! Stehenbleiben!

Sie laufen an Passanten vorbei. Kendal schlägt Haken und schiebt sich beim Laufen etwas in den Mund. Dann bleibt er stehen und trinkt aus der Cocadose. Er würgt etwas hinunter. Der Zivilfahnder packt ihn.

ZIVILFAHNDER keucht: Bist verhaftet! Los, Taschen umdrehen! Mund auf!

Kendal tut alles, wie befohlen, zieht auch die Plastikdose mit der vertrockneten Wunderblume heraus.

KENDAL: Da! Nix! (leise, aber gut betont) Ihr fickt mich nich'!

Der Zivilfahnder läßt Kendal los.

Hinterhof

Kendal steht in einer Toreinfahrt und steckt den Finger in den Hals. Er würgt, kotzt, würgt, kotzt. Er stochert mit dem Finger in seiner Kotze, fischt die verpackten Kügelchen heraus.

Er hockt sich hin, wischt sich den Mund. Wir sehen sein Gesicht in Großaufnahme und darin: Erschöpfung, Trauer, Verzweiflung. Er zieht aus der Jackentasche das Foto von Ugur, ein frisches, energisches Gesicht, das den Ansatz eines Lächelns zeigt.

Hansa-Passage

Kendal läuft durch die leere, hellerleuchtete Hansa-Passage, vorbei an den Schaufenstern mit all diesen glänzenden Dingen, diesem luxurierenden Schein. In der Hand sehen wir das kleine Päckchen. Ein privater Wachmann in schwarzer Uniform kommt.

WACHMANN: Was machste denn hier? (zeigt auf das Päckchen) Was haste denn da? Komm mal her, Bürschchen!

Der Wachmann versucht, Kendal festzuhalten. Kendal kann sich dem Griff entziehen, rennt durch die hellerleuchtete Galerie hinaus, auf die Straße. Trillerpfeifen. Zwei andere Wachmänner in schwarzer Uniform kommen angelaufen. Der eine führt einen Schäferhund an der Leine. Der Hundeführer nimmt dem Hund den Maulkorb ab. Wütendes Bellen.

Treppenhaus Hellkamp

Hellkamp kommt mit Gaby nach Hause. Hellkamp trägt einen kleinen Lederkoffer, Gaby eine etwas größere Ledertasche. Die beiden könnten eben von einer Reise zurückgekommen sein. Vor der Tür sitzt Kendal, und man sieht, er ist fast am Einschlafen. Neben sich, der Hand entglitten, das kleine in Goldpapier eingewickelte Päckchen.

GABY: Hast ja schon Besuch.

KENDAL spricht betont lässig: Hallo, Bra, bin mal vorbeigekommen.

Wohnung Hellkamp

Die drei sind in das Appartement gegangen und haben die Sachen abgestellt.
Gaby ist die Wochenendfreundin von Hellkamp. Eine blonde, dann aber auch noch nachblondierte Frau, die ihr kräftiges Haar wie eine Löwenmähne trägt. Sie ist stark geschminkt, trägt einen kurzen, in die Schenkel schneidenden Rock, dazu eine Kostümjacke, in der ein Push-up-BH den Busen hoch- und aus dem Ausschnitt herausdrückt. Eine vitale Frau, mit einer sympathisch prolligen Art, witzig, schlagfertig und laut, sehr laut sogar. Sie hat einen wachen Verstand und ein schnelles Mundwerk.
Man merkt sogleich, daß Gaby sich in Hellkamps Haushalt gut auskennt und auch, daß sie sehr selbständig ist. Gaby holt einen Rotwein aus der Küche, klemmt die Fla-

sche zwischen die Beine – was Kendal neugierig staunend beobachtet – und öffnet sie mit einem Korkenzieher. Sie stellt dann Gläser und Käsestangen auf den Tisch und zündet drei Kerzen an.
In der Zwischenzeit hat Kendal Hellkamp das in Goldpapier eingewickelte Päckchen überreicht.

KENDAL sagt gönnerhaft: Hab dir was mitgebracht, Bra.

GABY: Sag mal, mußt du nicht längst im Bett sein?

KENDAL beachtet Gaby demonstrativ nicht, spricht Hellkamp an: Hab' der Heimfotze gesagt, daß ich bei 'nem Freund penn'.

GABY: Hör mal Kleiner, so redest du nicht über Frauen. Jedenfalls nicht, wenn ich da bin. Ist das klar?

Kendal wirft ihr einen kurzen patzigen Blick zu, übergeht sie dann aber, als habe sie hier nicht mitzureden.
Hellkamp hat das Päckchen ausgewickelt. Darin ist ein Schildpattetui, und in dem Etui stecken sechs Zigarren. Hellkamp liest die Bauchbinde.

HELLKAMP liest laut: Cohiba. Meine Güte, das hat ja ein kleines Vermögen gekostet.

Kendal macht eine großsprecherische Geste.

KENDAL: (kurdisch) Nicht der Rede wert. (deutsch) Alles für dich, Bra! Kendal zeigt auf die drei Kerzen und fragt Hellkamp: Hast du Geburtstag?

HELLKAMP: Nein...

GABY: Doch. So gut wie. Wenn ich komm, is' das jedesmal wie Geburtstag. Und das wollen wir dann auch immer so ein bißchen feiern. Allein. Verstehst du? Ich finde, du solltest jetzt nach Hause fahren.

KENDAL patzig: Geht keine S-Bahn mehr.

GABY: Gut, geb ich dir zwanzig Mark, und du nimmst ein Taxi.

KENDAL ist einen Moment ratlos: Also ... nee, das (undeutlich) is' jetzt zu.

GABY: Was ist zu?

KENDAL: Das Jugendwohnheim. Jetzt ist es abgeschlossen.

GABY: Gut, dann geh zu einem deiner Freunde.

Gaby nimmt sich eine Zigarette. Kendal gibt ihr eilfertig Feuer. Als sie sich setzen will, schiebt er ihr den Sessel hin. Sie läßt sich reinfallen, verdreht dabei die Augen zu Hellkamp. Der zuckt die Achseln.
Sie legt die Füße auf das gegenüberstehende Sofa, Kendal sieht unter dem kurzen Rock ihre Oberschenkel.

GABY: Na, worauf wartest du noch!

Kendal druckst herum. Dann zeigt er an, daß er Hellkamp unter vier Augen sprechen will. Sie gehen in die Küche.

KENDAL flüstert: Bra, kann ich ... kann ich ... heute nacht hier bleiben? Bitte!

Kendal blickt Hellkamp treuherzig, ja flehentlich an. Wir sehen, wie Hellkamp einen Augenblick mit sich kämpft, wie er sich diesem Blick, der eine einzige Bitte ist, nicht entziehen kann.

Kendal ist ins Bad gegangen. Hellkamp geht zu der im Sessel sitzenden Gaby, die Rotwein trinkt.

HELLKAMP: Der muß heute hier schlafen.

GABY: Was? Hier? Wo denn?

HELLKAMP: Auf dem Sofa.

GABY: Gibt's doch nicht. Mensch, ich hechel mir einen ab, um herzukommen, drei Stunden Autobahn, Stau, Umleitung, verstehst du, und dann komm ich hier in 'ne Jugendherberge. Kannste den nicht abschieben, ich mein', hier zu deinen netten Nachbarn?

HELLKAMP nachdenklich: Großmanns. Nee, sind nicht da. Haben heute ihren Kneipentag.

Kendal kommt aus dem Bad mit einer Zahnbürste in der Hand.

HELLKAMP: Woher hast du die denn?

KENDAL: Mitgebracht.

GABY: Das ist ein Dauergast, mein Lieber, falls du das noch nicht bemerkt hast.

Kendal hat eine Schüssel mit Wasser geholt, stellt sie auf den Tisch, wo die beiden Weingläser, die Käsestangen und die drei Kerzen stehen. Er öffnet bedeutungsvoll seine Plastikdose und legt die Wunderblume ins Wasser.

GABY: Was is' denn das?

KENDAL: Eine Wunderblume.

GABY: Na, die is' schon ganz schön angegammelt.

KENDAL: Morgen ist sie schön.

HELLKAMP: Mensch, komm laß es. Das funktioniert nur einmal, daß die blüht.

GABY: Kannst ja mal mit 'nem Aspirin versuchen. Bei richtigen Blumen hilft es.

Kendal deckt ein Geschirrhandtuch über die Schüssel.

GABY: Richtig gemütlich.

Hellkamp und Gaby stehen wie auf einer Cocktailparty in der Küche, die zum Wohnzimmer hin offen ist. Beide rauchen und trinken Rotwein. Sie sprechen mal leise, mal laut.

Kendal liegt auf dem zum Bett hergerichteten Sofa und verfolgt eine Zeitlang das Gespräch der beiden, auch die Passage, als über den tödlichen Schuß geredet wird, dann schläft er ein. Als Hellkamp Gaby küssen will, zieht sie unwillig den Kopf weg.

HELLKAMP: Warum bist du so sauer?

GABY unwillig: Weil ich hier stehen muß und schon den ganzen Tag gestanden hab.

HELLKAMP: Der schläft schnell ein, und dann legen wir uns hin ... und dann ...

GABY: Doch nicht mit dem Jungen da im Zimmer. Woher kommt der überhaupt?

HELLKAMP: Hängengeblieben. Ist ein Illegaler.

GABY: Woher?

HELLKAMP: Kurde.

GABY: Ach so.

HELLKAMP: Was heißt: Ach so?

GABY: Jetzt versteh ich ... dein toter Kurde ...

HELLKAMP: Hör auf!

GABY: Nein, du hör auf, mit deinen Selbstvorwürfen. Du genießt das ja richtig. (theatralisch) Der vom Schicksal Geschlagene. Der Büßer. Mensch, das nervt! Und da kommt der Junge gerade richtig. So 'ne Art Wiedergutmachung. Aber das sag ich dir, der Junge nutzt dich nur aus, nix weiter.

HELLKAMP: Quatsch.

GABY: Nix Quatsch. Du machst hier den Sozialfürsorger, fühlst dich dabei total gut. Okey, wenn du das unbedingt willst. Aber bitte nicht auf meine Kosten. Hätt ich das gewußt, wär' ich zu Hause geblieben, nach so einem Scheißtag. Das ging schon morgens los. Gleich der erste Kunde. Dieser Rundfunkredakteur, weißt schon. Bei dem hatte sich 'ne Freundin angesagt, 'ne Urlaubsbekanntschaft. Plötzlich, wie er sagte. Die kannte ihn vom Urlaub mit braunen Haaren. Inzwischen war bei ihm schon das Grau nachgewachsen. Da wollt er sich schnell nachfärben lassen. Aber diesmal mit Naturfarben. Hab' ich neuerdings aufgenommen, (betont) natürliches Färben. Diese Leute mit ihrem Scheiß-Naturfimmel. Die gehen mir so auf den Senkel. Wolle muß nach Schaf riechen, im Käse müssen Milben krabbeln, in der Farbe der Schleim von irgendwelchen Schnecken. Also ich hab' ihm seinen Haarkranz gefärbt, ganz Natur ... und ... schon beim Färben, da seh' ich – ich dachte, mich tritt mein Pferd –, das wird viel zu dunkel ... hab' versucht, das zu korrigieren. Nix. Im Gegenteil, wird noch schwärzer. Der sah aus mit seinem (und sie zeigt es gestisch) Haarkranz wie ein Engel aus der Kohlenkiste. Hab' ich versucht, etwas zu bleichen ... da wurd das … stell dir vor … gelb, plötzliche gelbe Strähnen, verstehst du, so, so, (verzweifelt) nein, wie der aussah, wie 'ne Zibetkatze … einfach grausam.

HELLKAMP lacht: Wächst sich doch aus.

GABY: Auswachsen. Du hast gut reden. Das dauert doch. Nee, der hat getobt. Aber schlimmer noch, der vergrault mir doch alle Kunden. Läuft doch so in Hannover frei rum. Ne wandelnde Gegenreklame. Ich hab' doch gerade in der Szene jede Menge Kunden. Lassen sich doch alle färben, wollen doch alle jung sein. Und jetzt läuft der da rum, nein (sie zeigt zu Kendal) und dann der da noch … (betont verzweifelt) Nein auch …

Sie sagt das mit Blick auf den auf dem Sofa liegenden und jetzt schlafenden Kendal.

HELLKAMP: Komm, der schläft …

GABY: Nein, nicht hier!

HELLKAMP: Komm, wir finden was …

Wohnhausdach

Auf dem gekiesten Dach des Neubaus. Hellkamp und Gaby sind auf das Dach geflohen. Sie steht mit dem Rücken an einen Entlüftungsschacht gelehnt. Sie küssen sich, mit einer sich steigernden Intensität, bis Gaby sich plötzlich den Rock hoch- und den Slip runterzieht, den sie dann strampelnd weiter heruntertritt, während sie Hellkamp die Hose aufknöpft. Hellkamp versucht, im Stehen mit ihr zu schlafen. Das will nicht recht gelingen, da sie für diese Stellung zu kurze Beine hat. Hellkamp versucht, sie etwas hochzuheben, wobei sie sich mit dem Rücken an der Wand abstützt, eine inzwischen akrobatische Stellung, die den kräftigen Hellkamp überfordert. Er geht langsam in die Knie, fällt auf den Hintern. Beide lachen.

GABY: Is' eben noch kein Meister vom Himmel gefallen.

Kendal erscheint plötzlich. Hellkamp versucht, seine Hose in Ordnung zu bringen. Gaby angelt ihren Slip mit dem Fuß her, hebt ihn auf und hält ihn wie ein Taschentuch zusammengeknäult.

KENDAL verschlafen: Bra, wo biste denn. Hab' geträumt, du bist weg.

GABY stöhnt auf: Das gibt's doch nicht!

Sie macht in Richtung Kendals einen Stinkefinger, aber so, daß nur Hellkamp das sehen kann.

Wohnung Hellkamp

Wir sehen Gaby und Hellkamp im Bett liegen. Kendal schläft auf dem Sofa. Die Fenster stehen offen. Ein sachter Wind bauscht die Stores. Gaby liegt auf dem Bauch, die

Arme, die Hände über dem Kopf auf dem Kopfkissen verschränkt, so schläft sie. Hellkamp liegt daneben, raucht, starrt an die Decke. Von draußen hört man entfernt die Geräusche eines Hubschraubers.

Traum Kendals – Haus von Kendals Familie

Dunkel. Wir hören ein Keuchen, wie von jemandem, der lange gelaufen ist. Plötzlich wird das Zimmer durch das weiße Licht einer Leuchtkugel erleuchtet. Kendal liegt im Bett, über ihn beugt sich Ugur.

UGUR: (kurdisch) Kendal, mein Himmelslicht! Sei leise! Erschrick nicht!

Das Licht erlischt. Ein ohrenbetäubender Lärm, der schnell näher kommt. Das Licht von zwei Scheinwerfern, wie ein gewaltiges Insekt, das sich langsam zur Erde senkt. Ein Hubschrauber. Dunkle Gestalten springen heraus. Die Tür des Hauses von Kendals Familie wird eingetreten. Die Gestalten in Uniform stürzen in das Haus, sie reißen die Mutter weg, schlagen den Vater, schleppen einen Mann raus – Ugur. Schreie. Kendal steht am Fenster, blickt hinaus. Sie treten auf Ugur ein. Er wehrt sich. Dann Schüsse, an der jetzt grell überbelichteten weißen Wand spritzt es rot. Kendal schreit laut.

Wohnung Hellkamp

Kendal schreit, noch im Schlaf. Er hat sich auf dem Sofa aufgerichtet. Gaby ist aufgewacht und im Bett vor Schreck hochgefahren, sitzt dort, verwirrt. Hellkamp ist aus dem Bett gesprungen, geht zu Kendal.

KENDAL: (kurdisch) Mein Augenlicht, Ugur!

Kendal umarmt Hellkamp, der sich zu ihm auf das Sofa gesetzt hat.

HELLKAMP: Is' nix.

Und wir sehen zum ersten Mal eine zärtliche Geste. Hellkamp streichelt Kendal den Kopf, und der Junge legt seinen Kopf an Hellkamps Schulter. Der Junge beruhigt sich. Fällt zurück. Murmelt etwas Unverständliches.

HELLKAMP: Schlaf weiter!

Hellkamp dimmt das Licht ab.

Wohnung Hellkamp

Kendal hantiert in der Küche, er macht sich betont nützlich. Er hat Wasser aufgestellt, wäscht die Weingläser vom Abend ab. Holt den Aschenbecher aus dem Wohnzimmer. Hellkamp liegt noch im Bett. Kendal geht zur Küche, macht aber einen kleinen Umweg, dort kann er durch den

Flurspiegel in das Badezimmer sehen, wo Gaby steht, nackt, und sich gerade abtrocknet. Wir sehen in Kendals Gesicht eine wundervolle Neugierde, ein inniges Staunen. Es klingelt.
Kendal blickt durch den Spion. Draußen steht der Onkel. Hellkamp kommt in blauer langer Pyjamahose und weißem T-Shirt zur Tür.

KENDAL: Bra, sag nix, ich bin nicht da.

Hellkamp öffnet die Tür. Der Onkel und Zinnar stehen draußen.

ONKEL: Ist Kendal hier?

HELLKAMP nach einem kurzen Zögern: Nein.

Die beiden blicken in die Wohnung, sehen Kendals Lederjacke neben der von Hellkamp am Kleiderhaken hängen. Auch Hellkamp hat bemerkt, daß die beiden die Jacke entdeckt haben.

HELLKAMP sehr bestimmt: Er ist nicht da, habe ich gesagt!

Einen Augenblick stehen der Onkel und Zinnar da, zögern, dann gehen sie, ohne zu grüßen, weg.
Gaby kommt aus dem Bad, hat sich ein Badehandtuch um den Körper gewickelt. Wir sehen den Blick von Kendal, neugierig verschämt auf die Beine, die Oberschenkel, die Kniekehlen, und den Moment, wenn sie das Handtuch über der Brust neu zusammensteckt.

GABY: Wer war denn das?

HELLKAMP zuckt die Achseln, sagt dann nachdenklich: Sag mal, wollen wir wirklich fahren? Das wird doch alles wahnsinnig voll sein. Die Autobahn. Der Strand.

GABY: Hör mal, das ist doch wohl ein Witz. Nachts Turnübungen auf dem Dach und tagsüber in deinem Appartement mit dem Jungen Menschärgerdichnicht spielen. Weißt Du, seit zwei Wochen freu ich mich darauf: Schwimmen, in der Sonne liegen – und jetzt sollen wir hier herumhocken.

HELLKAMP: Gut. Dann nehmen wir ihn eben mit.

GABY: Was?

HELLKAMP: Oder was schlägst du vor?

Gaby dreht sich um, geht wieder ins Bad und knallt die Tür zu. Kendal sieht Hellkamp an, und in seinem Blick ist ein Schein von Triumph.

Treppenhaus Wohnung Großmann

Kendal steht in seiner Lederjacke vor der Wohnungstür. Frau Großmann hat geöffnet, in der Hand eine Zigarette. Aus der Wohnung ist ein laut gestellter Fernsehapparat zu hören, dazu Kindergeschrei.

Mutter Grossmann: Willste die Franziska sprechen, nich'.

Kendal nickt.

Mutter Grossmann brüllt aus Leibeskräften in die Wohnung hinein: Franziska!!!

Franziska erscheint sofort. Und wir sehen, wie sehr sich beide freuen. Sie streckt ihm die Hände entgegen, und er erfaßt sie und strahlt.

Franziska spricht viel zu laut: Mensch siehst ja toll aus. Schicke Jacke. Wo warste denn die ganze Zeit?

Erst als Kendal anfängt zu sprechen, merkt sie, daß sie noch die Stöpsel in den Ohren hat, und nimmt sie raus.

Kendal etwas wichtigtuerisch: Hab' gearbeitet. Für meinen Onkel. Knete verdient.

Franziska: Und was?

Kendal: Is' geheim.

Franziska lächelt.

Wohnung Hellkamp

Kendal und Franziska in der Küche. Beide sind über die Schüssel gebeugt. Franziska tippt die Wunderblume vorsichtig mit dem Finger an.

FRANZISKA: Nee, ich glaub', die wird nicht mehr.

KENDAL: Klar doch! Bestimmt! Zine hat gesagt: Muß du nur ins Wasser legen, dann blüht sie wieder. Is' doch ne Wunderblume.

Straße

Hellkamp trägt die Taschen runter. Draußen ist es dem frühen Sonntagmorgen gemäß noch still. Kaum jemand ist zu sehen. In der Sonne sieht dieses Neubauviertel noch schäbiger aus. Gaby, die jetzt Jeans und ein weißes Sweatshirt trägt, kommt aus dem Hauseingang, hinter ihr kommen Kendal und Franziska.

FRANZISKA fragt Hellkamp: Darf ich mitkommen?

Hellkamp guckt zu Gaby.

GABY übertrieben: Warum denn nicht. Hast du nicht noch ein paar Geschwister?

FRANZISKA begeistert: Klar. Soll ich fragen?

HELLKAMP bestimmt: Nein. Müssen wir ja sonst 'nen Bus mieten. Und jetzt los!

Sie gehen zu Hellkamps Wagen, das heißt, er ähnelt eher einem Autowrack. Die Reifen sind durchstochen, die Fensterscheiben eingeschlagen. Die Sitze aufgeschlitzt. Einen Moment steht Hellkamp fassungslos da, dann fängt er an zu toben.

HELLKAMP rastet aus und brüllt: Diese Schweine. Diese Dreckschweine.

KENDAL: Was issen los, Bra?

HELLKAMP: Das, das ist los ... das ... das hast du mir eingebrockt ... waren deine Leute

KENDAL: ... können wir wieder heilmachen ...

HELLKAMP: Ach, komm hau ab!

Wir sehen Kendal, wie er dasteht, einen Moment zögert, in seinem Gesicht Erschrecken, dann Enttäuschung, ja Verzweiflung, schließlich rennt er weg. Hellkamp macht Anstalten, die Taschen wieder ins Haus zu tragen.

GABY: Wo willste hin?

HELLKAMP brüllt: Rauf!

GABY: Und dann? Oben sitzen und die Wand anstarren?

Los, wir fahren. Jetzt erst recht. Wir nehmen meinen Wagen. Der Tag kann jetzt nur noch besser werden. Und das mit dem Jungen, das war nicht richtig. Der konnte doch nix dafür. Also los!

Straße vor dem Jugendheim

Gaby fährt in ihrem Auto mit Hellkamp und Franziska suchend die Straße, die zum Jugendheim führt, entlang. Dann entdecken sie Kendal mit Billy und Fudij. Billy hält Kendal im Schwitzkasten. Gaby hält, und Hellkamp springt wie aus einem Überfallwagen heraus, ist mit zwei Sätzen bei Billy, packt ihn am Hals und reißt ihn weg. Hellkamp ist nach der vorherigen Szene verständlicherweise richtig aufgeladen und hat hier eine Chance, seine Wut auszuagieren.
Billy nimmt sofort eine Karatehaltung ein.

BILLY: Komm Alter! Fresse polieren ...

HELLKAMP sachlich: Okay. Kannste haben.

Billy schlägt zu, aber wir sehen, daß Hellkamp eine solide Karateausbildung durchlaufen hat. Zwei, drei knappe Schläge, und Billy geht schmerzverkrümmt zu Boden. Fudij, der zunächst eingreifen wollte, verdrückt sich. Billy steht im Verlauf des Gesprächs auf, schleppt sich weg, hält sich das Schlüsselbein, mit schmerzverzerrtem Gesicht. Hellkamp wendet sich Kendal zu.

HELLKAMP sagt versöhnlich: Los, komm!

Aber Kendal dreht sich um und geht weg.

HELLKAMP: Jetzt komm schon!

Kendal geht weiter, mit trotzigem Gesicht. Franziska läuft hinter ihm her, hält ihn am Ärmel fest. Er reißt sich los. Franziska redet auf ihn ein.

FRANZISKA: Das hat er nicht so gemeint. Mußte den doch verstehen. Der is' sauer. Sein Auto kaputt. Klar kannst du nix dafür. Jetzt komm. Weißt du, was ein Frosch ist?

Kendal bleibt stehen.

KENDAL: Nee.

FRANZISKA: Das sind Tiere. Sie sind grün, quaken (sie quakt), sind glitschig und hüpfen immer so schnell weg. Also komm – sei kein Frosch!

Sie hält ihm die Hand hin, und er klatscht ein-, zweimal dagegen.

Hermannshöhe bei Niendorf

Hellkamp, Gaby, Kendal und Franziska stehen an der Steilküste und blicken über die Ostsee. Wir sehen das Staunen in Kendals Gesicht, der zum ersten Mal das Meer sieht. In der Ferne ist eine weiße Fähre zu sehen, ein paar Segel-schiffe kreuzen durch die Lichtreflexe auf dem Wasser.

KENDAL: Wo hört das auf?

HELLKAMP: Da, wo Schweden beginnt.

Niendorf Sandstrand

Franziska trägt einen blaugeblümten Badeanzug. Kendal trägt eine Badehose, die viel zu groß ist und offensichtlich Hellkamp gehört.
Franziska und Kendal laufen ins Wasser. Und wir sehen, wie unbändig, wie kindlich sich Kendal freut. Er wirft sich in das flache Wasser, paddelt darin herum. Steht plötzlich auf, still und nachdenklich.

FRANZISKA: Was is'?

KENDAL schmeckt nachdenklich: Salz.

Hellkamp bringt Kendal das Schwimmen bei. Er hält die Hand unter Kendals Bauch.

HELLKAMP: Ruhig! Ganz ruhig! Und natürlich atmen, ganz ruhig atmen!

Franziska und Kendal sitzen am Strand. Sie hat ein Drei-eck in den Sand gezeichnet und erklärt Kendal den Satz des Pythagoras. Man merkt, Kendal begreift schnell.

FRANZISKA: Das ist das Tolle, das Quadrat über der Hypotenuse, das hier, das entspricht wem?

KENDAL: Den Quadraten über diesen verfickten Teilen da ...

Kendal zeigt auf die Katheten.

FRANZISKA: Ja, den Katheten ... aber ... du darfst nicht immer ficken sagen.

KENDAL: Wieso?

FRANZISKA: Das bedeutet das, wie dich dein Vater und deine Mutter gemacht haben.

Kendal ist sichtlich peinlich berührt.
Plötzlich löscht eine größere Welle, vor der sie kreischend zurückspringen, die Zeichnung des Dreiecks aus.

Hellkamp spielt mit Kendal Kickball. Franziska sitzt neben Gaby, die einen roten Badeanzug trägt, beide tragen Sonnenbrillen und beobachten das Spiel von Kendal und Hellkamp.

FRANZISKA: Der Hellkamp hat wirklich 'nen geilen Körper.

GABY: Ja. (Pause) Der Kendal wird auch mal 'n toller Typ.

FRANZISKA empört: Is' er doch schon!

Kendal greift seine Lederjacke.

KENDAL zu Franziska: Los, ich kauf Eis. (zu Gaby) Du auch?

GABY: Klar. Aber kein Erdbeer. Krieg' ich die Krise.

Kendal und Franziska laufen durch den Sand zur Promenade.

Eisdiele

Vor der Eisdiele stehen mehrere Wartende, aber so, daß man nicht gleich die Schlange erkennen kann. Kendal stürmt in seinem Enthusiasmus gleich nach vorn.

KENDAL: Viermal, und die ganz großen da. Kendal zeigt auf die Pappbecher. Mit Sahne und allem, aber einmal ohne Erdbeer.

EISVERKÄUFER: (betont langsam) Moment mal!

KENDAL: Was soll der Scheiß. Ich hab Geld. Hier.

Kendal zieht drei Hunderter aus der Lederjackentasche.

EISVERKÄUFER: Wir sind hier in Deutschland. (betont im Gastarbeiterdeutsch) Du verstehen? Einer nach dem anderen. Nix vordrängen.

Kendal rastet aus.

KENDAL: Halt die Fresse, du Arschficker. Hier ...

Kendal wirft ihm einen Hunderter auf den Tisch.
Die umstehenden Erwachsenen, die Kinder starren Kendal an. Zwei Mädchen kichern. Kendal rennt weg, Franziska hinterher. Einer alten Dame, die eine fesche weiße Kapitänsmütze trägt, fällt vor Schreck das Eis von der Waffel.

ALTE DAME erstaunt: So was ... sah so nett aus, der Junge ...

Eisdiele

Franziska, sichtbar wütend, ist ein paar Schritte vorangestürmt, Kendal läuft hinterher.

KENDAL: Was is' denn?

FRANZISKA: Was ist? Das ist so gemein von dir, wie du redest.

KENDAL: Wie denn?

FRANZISKA: Das, was du dem Mann gesagt hast. Ich will das nicht. Und warum? Man sagt so was nicht. Verstehst du. Ich hab' dir das schon mal gesagt.

KENDAL: War nicht so gemeint. Er beobachtet sie. Okay. (Pause) Komm sei kein Frosch.

Franziska bleibt stehen und muß lachen. Sie hält ihm die Hand hin, und er schlägt ein, schnippt mit dem Daumen.

Autobahn

Es ist Nacht. Hellkamp und Gaby sitzen im Wagen und fahren nach Hamburg zurück. Kendal und Franziska sitzen hinten und sind eingenickt.

GABY: Wenn ich dich so sehe, mit dem Jungen, das macht mich (Pause) richtig traurig.

HELLKAMP: Wieso?

GABY: Kannst du dir das nicht denken? (Pause) Ihr Kerls seid wirklich alle gleich schlicht gespult. Egal ob ihr nun Köche seid oder Studienräte oder Sheriffs.

HELLKAMP: Hmm.

GABY macht Hellkamp nach: Hmm. Kind? Nee, ganz unmöglich, nein!

HELLKAMP: Mit einem Taxifahrer als Vater?

GABY: Das ist deine bequeme Ausrede, mein Lieber. (ironisch) Der arme, einsame Samurai fährt Taxi. Und dann ein Kind. Nee. Aber ... hast ja gesehen, dem Kind ist es wurscht, ob jemand Taxifahrer ist oder Professor oder Kommissaranwärter oder sonstwas. Was der braucht ... ist ganz einfach ...

Beide blicken geradeaus. Hellkamp greift in die Jacke, zieht einen Flachmann raus. Erst will Gaby nicht, wehrt ab, dann nimmt sie doch einen kräftigen Schluck. Dann trinkt Hellkamp. Er legt ihr die Hand auf den Schenkel. So fahren sie durch die Nacht.

Wohnhausdach

Auf dem gekiesten Dach des Neubaus sitzen Hellkamp und Gaby auf einer Gummimatratze an der Mauer des Lüftungsschachts. Hellkamp hat zwei Decken mitgebracht. Zwei Kerzen flackern im Wind. Daneben stehen zwei Gläser und eine Flasche Rotwein. So wie die beiden dasitzen, könnte es auch ein steiniger Strand in Italien sein. Wenn die Kamera in die Totale geht, sehen wir das Dach mit seinen Entlüftungsschächten und den Fernsehantennen. In der Ferne der angestrahlte Turm der Michaeliskirche.
Gaby und Hellkamp küssen sich, nicht dramatisch, eher ein Zeichen des Einverständnisses. Gaby zieht sich den Pullover aus, das T-Shirt, den Büstenhalter.

GABY: Mit 'ner Matratze, und wenn 's nicht gerade regnet, gar nicht so schlecht. Fast wie im Urlaub.

Sie haben sich eben hingelegt, da erscheint Kendal. Auch er hat eine Decke mitgebracht. Gaby zieht sich das T-Shirt wieder an.

KENDAL: Is' heiß da unten, im Zimmer. Ich schlaf' bei euch.

HELLKAMP: Du kannst doch nicht auf den Steinen schlafen.

KENDAL: Doch, mit 'ner Decke. Hab' ich immer gemacht, hab' auf die Schafe aufgepaßt. Im Sommer hab' ich auf den Steinen geschlafen. Gibt bei uns viele Steine da. Aber unsere sind nicht so schön rund wie diese hier.

Kendal hat während er redet die Decke dicht neben Hellkamp und Gaby gelegt.
Gaby steht auf, zieht sich den Pullover über und dann die Sandalen an.

HELLKAMP zu Gaby: Wenn Kendal hier oben bleibt, können wir ja runtergehen.

KENDAL: Bra, also, weißt du, (listig) is' doch etwas kalt hier.

GABY: Nee, bleibt mal hier. Is' schon gut. Schlaft ihr beiden mal zusammen hier oben. Die richtigen Pfadfinder. Könnt ja auch abkochen, Lagerfeuer machen. Aber ich fahr jetzt mal.

HELLKAMP: Komm. Bleib.

GABY: Nee, ich muß fahr'n, hab morgen einen harten Tag. Macht es euch mal gemütlich. Ich pack jetzt meine Sachen. Und nächstes Mal in Hannover.

KENDAL überglücklich: Ja! Hannover! Geil!

Gaby lacht. Sie streicht Kendal über die Haare. Also gut. Und macht keine Dummheiten!

Sie gibt Hellkamp einen Kuß und geht über den knirschenden Kies weg.

KENDAL: Mann, Bra, geil, he, die Alte is' richtig scharf auf dich. Mein Onkel hat auch so 'ne Frau, aber – der läßt sich nicht so anschrein wie du.

HELLKAMP: Na ja, tut sie bei mir auch nicht immer.

KENDAL: Und hat sie ein großes Zimmer in deinem Herz?

HELLKAMP: Wie meinst du das?

KENDAL: Na, willste sie heiraten?

HELLKAMP: Hmm.

KENDAL: Du mußt meine Schwester sehn. Zine. Schön ist sie. So ... dunkel das Haar, so schwarz, so blau, wie in einer Nacht ohne Mond. Und ihre Haut ganz weiß, keine

Narben. Sie wird den Hemmo heiraten. Schade. Du mußt sie sehen. Sie würde dir gefallen. Und du ihr. Sie kann tanzen – einfach toll. (Pause) Es wird ein großes Fest. Sie wünscht sich eine Uhr an der Wand. Mit Vogel.

HELLKAMP: Eine Uhr mit Vogel?

KENDAL: Ja. (kurdisch) Kuckuck. (imitiert den Ruf) So.

HELLKAMP: Ah, ein Kuckuck. (lacht) eine Kuckucksuhr.

KENDAL: Ja. Und sie braucht viele Dinge. 3000 Mark. Nur dann ist es eine große Hochzeit. Davon wird man im Dorf noch erzählen viele Jahre. Bald ich hab' das Geld zusammen. Dann fahre ich zur Hochzeit. Und danach komm' ich wieder nach Deutschland. Verdien' ich Geld für den Vater. Im letzten Winter sind viele Schafe gestorben. (kurdisch) Der Schnee hat lange gelegen. (deutsch) Viel zu lange. Die Schafe haben kein Gras gefunden. Das Gras ist ganz klein. Das Gras ist ganz braun. Nicht soviel (zeigt es gestisch). Die Schafe sterben. Viele sterben. Fast alle Schafe sterben. Der Hunger ist groß. Auch die Menschen. Und mein Bruder ist tot.

HELLKAMP: Was ist mit deinem Bruder?

KENDAL: Erschossen.

Wir sehen, wie Hellkamp vor Schreck zusammenzuckt, wie es ihn regelrecht zusammenzieht. Erst nach einer kleinen Pause fragt Hellkamp weiter.

HELLKAMP: Was? Wer?

KENDAL: Soldaten. Bei uns im Dorf.

Man kann Hellkamp die Erleichterung nach dieser Antwort ansehen.

HELLKAMP: Warum?

KENDAL: Sie sagen ... (betont) alle sagen: Er war ein tapferer Kämpfer. Für unsere Wörter. Damit unser Himmel auch weiter (auf kurdisch) Himmel heißt. Die Soldaten sind gekommen mit einem Flugzeug, das einen großen, (macht die Handbewegung) wie nennt man das?

HELLKAMP: Propeller.

KENDAL: So. Oben. Sie kamen aus dem Himmel.

Kendal holt das kleine Foto von seinem Bruder aus der Tasche. Zeigt es Hellkamp.

KENDAL: Das ist Ugur, mein Bruder.

HELLKAMP: Gefällt mir, dein Bruder.

KENDAL: Ja. (Pause) Und jetzt bist du mein Bruder, mein Bra. Jetzt bleib ich bei dir.

Kendal legt den Arm um Hellkamp, und der legt seinen Arm um Kendal. So sitzen sie nebeneinander und blicken hoch, in den bestirnten Himmel und in die Ferne, wo der angestrahlte Turm der Michaeliskirche zu sehen ist.

KENDAL: Würde gern mal auf den großen Turm von der Kirche gehen.

HELLKAMP: Den Michel.

KENDAL: Ja. Ist man doch fast schon im Himmel. (kurdisch und betont) Himmel.

HELLKAMP spricht das Wort langsam auf kurdisch nach: Himmel.

Stille. Aus der Ferne die Geräusche der Stadt. Wir sehen das Gesicht von Kendal, weich und glücklich.

Fußballplatz Eimsbüttel

Auf dem Fußballplatz an der Tornquiststraße spielt eine zusammengewürfelte Freitagsmannschaft. Deutsche, aber auch Türken, ein Schwarzafrikaner. Auch Tolga spielt in dieser Mannschaft. Hellkamp hat Kendal mitgebracht, mit dem er zusammen als Stürmer spielt. Im Hintergrund steht an den Wagen gelehnt der Onkel. Kendal bemerkt ihn, schaut hin, mit wachsender Unruhe, er paßt nicht mehr auf, spielt unkonzentriert.

HELLKAMP ruft Kendal zu: Was is 'n los, geh ran, hier los, aufs Tor.

Plötzlich geht Kendal aus dem Spiel, läuft, ohne etwas zu sagen, zu dem Onkel hinüber.
Hellkamp läuft hinterher.

HELLKAMP ruft: He! Kendal! Warte! Kendal!

Kendal steigt in das Auto. Hellkamp kommt zum Auto, versucht die Tür aufzureißen. Zwei Männer schlagen den sich kräftig wehrenden Hellkamp zusammen. Wir sehen, daß Hellkamp mit seinen Karatekünsten gegen diese beiden Schläger nicht ankommt.
Die anderen Fußballer wollen Hellkamp zu Hilfe kommen. Die beiden Männer ziehen Messer. Der eine läßt die Klinge in der Sonne blitzen. Ganz ruhig, fast gelassen stehen die beiden da. Dann steigen sie zu dem Onkel und Kendal in das Auto und fahren weg.
Die Fußballer kümmern sich um den blutenden Hellkamp.

Straße

Der Onkel fährt das Auto, neben ihm sitzt Kendal.

ONKEL: (kurdisch) Deine Schwester ist sehr traurig. Sie warten auf das Geld.
Dein Vater hat Angst, daß er im Dorf nicht mehr so gegrüßt wird wie früher.

Während der Onkel redet, sieht man, wie Kendals Gesicht sich durch eine nachdenkliche Trauer und durch tiefes Schuldbewußtsein einschattet.

Fußballplatz Eimsbüttel

Hellkamp, der sein Nasenbluten mit einem blutgetränkten Papiertaschentuch zu stoppen versucht, sitzt in seinem Taxi. Kroog kommt. Steigt einfach in den Wagen ein.

HELLKAMP ziemlich fertig: Nix da, bin nicht im Dienst.

KROOG: Aber ich. Er reicht Hellkamp noch ein Papiertaschentuch: Schon bißchen flusig, aber unbenutzt.

Hellkamp nimmt das Taschentuch, hält es sich vor die Nase.

KROOG: Mußt den Kopf zurücklegen. (Pause) Kannst du uns helfen? Ich will an dieses Schwein ran. Nicht den Onkel. Das ist ein kleiner Fisch, nein, ich will den Misto, diese Obersau, den will ich, (betont) um jeden Preis. Kennste den?

Hellkamp schüttelt vorsichtig den Kopf.

KROOG: Ist der, der dieses Ding ausgeheckt hat: strafunmündige Kinder holen. Weißt ja selbst. Wir könnten an den rankommen. Über den Jungen, diesen Kendal. Wenn der aussagt. Und du kannst uns dabei helfen.

HELLKAMP: Uns? Ich bin nicht mehr bei uns. Und noch eins. (betont sehr entschieden) Ich will nichts mehr damit zu tun haben. Nichts mit Euch! Nichts mit denen!

KROOG: Hast du aber schon, mein Lieber. Steckst drin. Bis über beide Ohren. Und noch eins: Auch wenn du nicht mehr dabei bist, gehörst du immer noch zu uns.

Während Kroog das sagt, steigt er aus. Hellkamp zieht die Tür zu.

Spielsalon

Der Onkel kommt mit Kendal herein. Brusk steht da, wartet, schlägt auf Kendal ein.

BRUSK (kurdisch) Eine Schande für deinen Vater. Schande für das Dorf. Du kennst die Strafe.

Der Onkel geht dazwischen.

ONKEL: (kurdisch) Aufhören!

Brusk läßt die schon erhobene Hand wieder sinken und befiehlt Kendal, sich auf einen Stuhl zu setzen.
Wir sehen, wie Brusk eine Schere nimmt, sehen die Angst in Kendals Gesicht.

St. Georg / Straße

Kendal beim Dealen. Er trägt eine Wollmütze und das, obwohl es heiß ist. Franziska kommt ihm lachend entgegen, wird aber, als sie die Situation erfaßt, ernst.

FRANZISKA: Kendal! Eh! Was machst du denn hier? Zeig mal! Los!

Sie öffnet seine Faust, und wir sehen ein weißes Kügelchen in seiner Hand.
(laut) Bist du verrückt! Weißt du, was das ist? Und wie siehst du überhaupt aus. Bei der Hitze. Warum haste die Mütze auf? Komm, nimm ab!

Sie versucht ihm die Mütze vom Kopf zu ziehen. Er weigert sich trotzig.

KENDAL: Nein.

FRANZISKA: Na los! (versöhnlich) Komm schon! Sei kein Frosch!

Schließlich zieht er die Wollmütze ab, sehr langsam, sehr verlegen. Franziska erschrickt. Seine Glatze, auf der Kopfhaut sieht man rote Striemen.

FRANZISKA: Wer hat das getan?

Kendal schweigt, zuckt mit den Schultern.

FRANZISKA sehr bestimmt: Los! Komm! Hellkamp sucht dich!

Der Dealer Zinnar beobachtet die beiden, insbesondere Franziska.

Wohnung *Hellkamp*

Hellkamp ist im Begriff, zur Arbeit, zu seinem Taxi zu gehen. Kendal sitzt am Tisch, vor sich die Schüssel mit der im Wasser liegenden Papierblume. Er fischt sie vorsichtig heraus, und es zeigt sich, daß sie inzwischen schon zerfasert. Genaugenommen ist es nur noch etwas klumpig aufgeweichtes Papier, das nur sehr entfernt an die Papierblume erinnert. Hellkamp, der Kendal beobachtet hat, reagiert etwas genervt.

HELLKAMP: Schmeiß den Matsch endlich weg! Die Dinger blühen nur einmal.

Wir sehen das besorgte Gesicht und den Versuch, die Blätter zu entfalten, von denen sich aber Teile ablösen. Hellkamp zieht seine Lederjacke an.

HELLKAMP: Schließ hinter mir ab. Und mach auf keinen Fall auf.

Wohnung *Hellkamp*

Kendal allein in der Wohnung. Er blickt aus dem Fenster auf diese trostlosen Neubaublocks.

Kendal in der Küche. Er betrachtet die dort hängende moderne Küchenuhr, deren Sekundenzeiger sich monoton und ruckartig voranbewegt.

Kendal im Wohnzimmer. Er langweilt sich, spielt an dem chinesischen Schrank mit dem eisernen Dorn, der in der Form einer kleinen Lanze die Schranktüren zusammenhält. Kendal zieht ihn heraus, die Türen gehen auf. Er beginnt zu stöbern, findet Fotos, Fotos von Gaby, von Gaby und Hellkamp, ein Foto zeigt Hellkamp in Polizeiuniform, in der Ausbildung mit anderen Polizisten. Ein Diplom. Die Ernennung zum Kommissaranwärter. Dann Zeitungen. Eine Kieler Zeitung. Mit einer Schlagzeile: *Polizist erschießt kurdischen Dealer*. Das Foto zeigt einen Toten. Kein Foto des Polizisten.

Wir sehen in dem Gesicht von Kendal ein fragendes Nachdenken, dann langsam dieses Erkennen, das Erschrecken, dann eine panische Wut, Kendal zerreißt die Zeitung, wirft alles auf den Boden. Rennt aus der Wohnung.

U-Bahn Landungsbrücken

Kendal in der U-Bahn, die auf dem Viadukt Richtung Innenstadt fährt. Kendal steht an der Tür und guckt abwesend hinaus auf die Elbe, auf den Hafen. Der Waggon ist kaum besetzt. Zwei Jugendliche sitzen da und starren Kendal an. Beim Aussteigen gibt einer der beiden Kendal einen blitzschnellen Handkantenschlag in die kurzen Rippen.

JUGENDLICHER: Willkommen in Hamburg!

Kendal krümmt sich, ringt nach Luft.

Wohnung Hellkamp

Hellkamp kommt in seine Wohnung, sieht die Schüssel mit der matschigen Papierblume im Wasser und sieht am Boden die Zeitungsfetzen. Er bückt sich, sieht, daß es eine alte Zeitung ist, die Ausgabe, die über seine Schießerei in Kiel und den Tod des kurdischen Dealers berichtet. Wir sehen das Gesicht von Hellkamp und sein Erschrecken.

St. Georg

Hellkamp sucht Kendal. Wir sehen ihn in der Ferne, wie er Dealer und Junkies fragt. Dann entdeckt er Kendal, der gerade einem Mädchen etwas verkauft.
Hellkamp läuft hin, hält, als Kendal sich abdrehen will, ihn am Arm fest.

HELLKAMP: Kendal, hör zu, ich will dir das erklären ... Ich wollte es dir erzählen ... Ich ...

KENDAL reißt sich los: Du... du ... Bullenschwein ... (laut) du ... Mörder!

Hellkamp erstarrt, läßt Kendal los. In einem geparkten Wagen am Straßenrand sitzt Brusk und hat die Szene beobachtet. Wir sehen sein Gesicht, dieses verwunderte Nachdenken, dann ein Stutzen.

Straße Kiel

Erinnerungsflash. Dieselbe Szenerie wie vorher, auf S. 60.
Aber hier sehen wir Hellkamp von außen. Wir sehen, wie
Brusk festgenommen wird, wie ihn der Zivilfahnder auf die
Straße wirft, wie er sich auf Brusk kniet, wie Brusk zur
Seite blickt und sieht, wie der andere Dealer sich umdreht,
eine Pistole zieht und wie dann Hellkamp, der herangelau-
fen ist, stehenbleibt, blitzschnell seine Pistole zieht und
schießt. Der Dealer bricht zusammen. Hellkamp läuft hin,
hebt die Pistole des anderen auf. Wir sehen sein Gesicht,
dieses ungläubige erschrockene Gesicht. Das alles stumm,
und stark überbelichtet.

St. Georg Straße

Brusk sitzt im Auto, betätigt den Anlasser.

Café Hinterzimmer

Brusk, der Onkel und andere, darunter Misto, sitzen in dem
Café. Kendal sitzt, die Mütze auf dem Kopf, von den anderen etwas isoliert. Die Szene muß etwas von einem Tribunal
vermitteln. Kendal sitzt allein da, in seinem Gesicht ein har-
ter und abweisender Zug. Die anderen vor ihm. Misto sitzt
ein wenig abgesondert, er trägt einen eleganten Anzug.

BRUSK spricht auf kurdisch zu Misto: Dein Bruder. (Pause)
Ich hab den Mann gesehen, der ihn erschossen hat.

MISTO: (kurdisch) Wann? Wo?

BRUSK: (kurdisch) Vorhin. Hier. Er hat mit dem Kendal gesprochen.

MISTO: (kurdisch zu Kendal) Wer ist der Mann?

Kendal sitzt da und schweigt. Alle sehen ihn jetzt an. Misto macht nur eine Kopfbewegung. Ein Mann schlägt Kendal.

MISTO: (kurdisch) Wer?

Wir sehen, wie Kendal beim zweiten Schlag die Mütze vom Kopf fliegt. Kendals Gesicht, dieses Gesicht, das ganz darauf konzentriert ist, nicht zu weinen. Wir sehen auch das Gesicht von dem Onkel, das bei jedem der Schläge zusammenzuckt.

KENDAL: (kurdisch leise) Hellkamp. Er heißt Hellkamp.

Wohnhaus

Drei Männer stehen in der Nähe von dem Haus, in dem Hellkamp wohnt.

Straße

Die drei Männer steigen zu Hellkamp ins Taxi, zwei setzen sich in den Fond, einer, Karaz, neben Hellkamp.

KARAZ: Norderstedt.

HELLKAMP: Das ist ziemlich weit draußen.

Karaz holt zwei Hunderter heraus, zeigt sie Hellkamp.
Hellkamp fährt los.

Jugendwohnheim

Kendal kommt in den Aufenthaltsraum hereingerannt, ist
sehr aufgeregt, reißt die Tür von einem Büroraum auf,
blickt hinein. Der Raum ist leer. Kendal reißt die nächste
Tür auf. Auch in diesem Raum ist niemand zu sehen. Kendal läuft durch einen Flur zu dem Aufenthaltsraum. Dort
stehen ein paar Jugendliche herum. Im Hintergrund spielen vier Jungen Tischtennis.

KENDAL zu einem Jugendlichen:
Wo ist Husso?

JUGENDLICHER:Noch nicht da.

Kendal stürzt in das Büro der Heimleiterin, die gerade telefoniert, fahrig und übernervös versucht sie Kendal durch
Handbewegungen wieder hinauszutreiben.

JANSEN: ... natürlich hab' ich das gleich weitergegeben,
dann kam nicht ... wie ...

KENDAL: Frau Jansen, Sie müssen helfen ...

JANSEN: ... was ... wie ... wo ... nein ... Moment ...
was später, nein ich mein hier ...

Frau Jansen legt auf. Erschöpft. Dreht eine kleine Flasche
Magenbitter auf, trinkt sie aus, während Kendal spricht,
wirft sie das Fläschchen in den Papierkorb, in dem schon
mindestens zwanzig Magenbitter liegen.

KENDAL: Also der Hellkamp, den wollen sie, ich weiß
nicht, also der hat den Hakim, den Bruder von Misto
erschossen ...

JANSEN irritiert: Hakim? Aus dem Heim?

KENDAL: Nee, vor ein Jahr in Kiel ... Jetzt die bringen den
um.

JANSEN: Wen?

KENDAL: Hellkamp, mein Bra.

JANSEN: Muß man doch die Polizei benachrichtigen.

KENDAL: Nein, nicht die Polizei ...

Straße

Hellkamp fährt das Taxi, er beobachtet die drei Männer,
den einen von der Seite, die beiden hinten Sitzenden im
Rückspiegel. Es herrscht ein gespanntes Schweigen.

Polizeipräsidium Zimmer

Im Zimmer sind Kroog, ein Assistent und Kendal. Kendal sitzt, Kroog steht. Kroog redet sehr laut, versucht den Jungen einzuschüchtern, indem er sich vor ihm aufbaut, immer wieder mit dem Zeigefinger vor Kendals Nase herumfuchtelt. Kendal sitzt erschöpft da und schweigt. Während Kroog redet, stürzt Husso ins Zimmer.

KROOG scharf und immer lauter werdend: Also los, wer steckt dahinter? Deinen Onkel mußte nicht nennen, den kenn ich, der interessiert mich nicht. Ich will den anderen Namen. Wem gibt dein Onkel das Geld? Wer gibt ihm den Stoff? (brüllt) Sag es! Los! Wie heißt das Schwein? Wenn nicht, sorg ich dafür, daß du abgeschoben wirst ...

HUSSO: ... Moment mal, so können Sie mit dem Jungen nicht umspringen ...

KROOG: Kann ich nicht? Passen Sie mal auf, wie ich jetzt mit Ihnen umspringe. Raus! Sofort!

HUSSO: Ich protestiere ...

KROOG: Ja, ja, wir haben gehört. Raus!

Husso verläßt das Zimmer. Kroog wendet sich wieder Kendal zu. Diesmal ganz ruhig, väterlich verständnisvoll.

KROOG: Hör mir mal genau zu! Hellkamp ist in Gefahr. Weißt du selbst. Wenn sie den jetzt ... dann hast du den auf dem Gewissen, verstehst du, du bist schuld an seinem Tod. Also los, komm, sag den Namen, und wir heben die aus, bevor sie sich den Hellkamp holen.

Kendal schweigt. Es vergeht eine lange Zeit, und wir sehen, wie der Junge mit sich kämpft, ob er den Namen verraten soll, und in welchem Konflikt er damit steht: Auf der einen Seite die unbedingte Loyalität zu seinen Leuten, für die Verrat das schlimmste Vergehen ist, auf der anderen Seite Hellkamp, sein großer Freund, ja »Bruder«, der in Lebensgefahr ist.

KROOG: Na?

KENDAL: (leise) Misto.

KROOG: Wer?

KENDAL: (etwas lauter) Misto!

KROOG nachdenklich und gut betont: Misto. So, so. Da sag ich nur: Mistomaleikum, der soll mal reinkomm'.

Straße

Hellkamps Blick in den Rückspiegel. Hellkamp fährt in einen Stau vor einer Ampel, stellt die Alarmanlage an. In dem Moment schlägt ihm der schräg hinter ihm sitzende Mann mit einem Schlagring an den Kopf. Die Ampel zeigt grün, und ein wildes Hupen beginnt. Die drei steigen ganz

ruhig aus. Der eine geht zu Hellkamp ans Fenster. Hellkamp sitzt benommen hinter dem Lenkrad, die Hand am
Kopf.

MANN: Bis bald.

Straße vor dem Jugendheim

Kendal kommt gelaufen. Auf der anderen Straßenseite
steht ein schwarzer Mercedes. Kendal dreht sich nach dem
Wagen um, dann rennt er in das Wohnheim.

Straße vor der Spielhalle

Auf der Straße stehen ein Polizei-VW-Bus, zwei Überfallwagen. Ein Menschenauflauf. Zwei Männer werden aus
dem Spielsalon geführt, die Hände auf dem Rücken in
Handschellen. Dann kommt der Onkel, dann Misto, beide
in Handschellen. Kroog steht da. Hellkamp kommt im
Taxi vorgefahren, springt raus. An der rechten Kopfseite
blutet er.

MISTO: (zu Kroog) Sie kommen damit nicht durch. Ihr
Zeuge, der ist nix wert. Wetten! Heute abend eß ich im
Belle Alliance. Sie sind eingeladen!

Misto und der Onkel werden zu dem Überfallwagen
geführt.

HELLKAMP ruft zu Kroog: Wo ist der Junge?

KROOG: Im Heim.

HELLKAMP: Du hast also den Jungen ausgequetscht. Und läßt ihn unbeaufsichtigt. (brüllt) Idiot!

Jugendwohnheim

Hellkamp kommt in den Aufenthaltsraum gestürmt. An langen Tischen sitzen die Jugendlichen und essen. Die Heimleiterin steht da, redet mit einem Sozialarbeiter.

HELLKAMP: Wo ist Kendal?

JANSEN: Wurde abgeholt. Von seinen Leuten.

Hellkamp stürzt raus.

Wohnung

Eine normal eingerichtete Wohnung. Ein unscheinbarer Deutscher verkauft hier Waffen. Auf dem Wohnzimmertisch liegen verschiedene Pistolen. Hellkamp, der von jetzt an ein Pflaster auf der Stirn trägt, untersucht fachmännisch eine Smith&Wesson.

WAFFENHÄNDLER: Nee, im Angebot sind nur die Ost-Wummen. Aber gut. Hier 'ne Makarov.

HELLKAMP: Ich brauch' sie nur heute. Leihgebühren?

WAFFENHÄNDLER lacht: Nee, weiß man ja nie, ob Sie am Abend noch so munter sind. Nee. Und vier Hunnis is' ja nich' die Welt. Seit dem Mauerfall sind die Preise doch völlig im Keller.

Hellkamp zählt, kauft sie. Steckt sie in seine Lederjacke.

Café

Hellkamp im Café. Er trägt die Lederjacke offen. Die Pistole hat er sich in den Hosenbund gesteckt. Er geht langsam durch das im Souterrain gelegene Café. Hier sitzen nur Männer, die spielen, trinken, leise miteinander reden, wobei alle Gespräche beim Eintritt Hellkamps sofort verstummen. Kendal ist nicht zu sehen. Hellkamp geht langsam nach hinten, dort ist eine Tür, die zu einem Hinterraum führt. Er drückt vorsichtig die Klinke herunter. Die Tür ist abgesperrt. Hellkamp tritt die Tür ein, die Pistole in der Faust, die er mit der anderen Faust umklammert hält. Das wirkt sehr gekonnt, aber auch ein wenig übertrieben dramatisch.
In dem Hinterraum stehen zwei Männer, vor ihnen, auf einem Stuhl, sitzt Kendal. Alles sieht ganz friedlich aus, so als hätten sie dem Jungen eben etwas erklärt.
Hellkamp kommt langsam näher, läßt die Pistole sinken, er scheint ein wenig ratlos zu sein.
Der Junge ist nicht gefesselt. Sieht ganz ruhig, auch unverletzt aus. Aber dann sieht man das Blut, das Kendal lang-

sam hinter dem Ohr den Hals herunterläuft. Hellkamp wedelt die beiden Männer mit der Pistole zur Seite.

HELLKAMP: Komm!

Der Junge blickt zu beiden Männern.

MANN: (kurdisch) Denk an deinen Vater, deine Familie. Geh nicht. Du weißt, was auf Verrat steht.

Kendal zögert, blickt in die Gesichter, die ihn gespannt ansehen.

HELLKAMP: Komm, Bra, mein Bruder!

Hellkamp streckt Kendal die Hand entgegen. In Kendals Gesicht spiegelt sich dieser innere Kampf wieder, daß er wählen muß, entweder er bleibt, oder aber er entscheidet sich für Hellkamp, und das bedeutet den endgültigen Verrat an seinen Leuten, von denen er sich damit für immer trennt. Nach langem Zögern steht Kendal auf und geht zu Hellkamp. Der legt ihm den Arm um die Schulter, und so führt er ihn aus dem Café.

Kanalböschung

Ein Kanal im Industriegebiet der Veddel. Hellkamp und Kendal sitzen im Gras der Uferböschung, und Hellkamp kann sich hier erstmals richtig aussprechen, sich öffnen, ohne etwas verbergen zu müssen.

HELLKAMP: Ja ... hab' früher immer gedacht ... wenn ich mal schießen muß, dann schießt du eben, hat man doch schon so oft gesehen ... ist aber ganz anders, wenn du schießt ... und da liegt einer, und du siehst, der stirbt, der verblutet, so viel Blut ... ich hab' gedacht ... damals ... der schießt auf meinen Kumpel, da hab' ich abgedrückt ... bin dann hin und hab' die Pistole gesehen ... Hellkamp schweigt einen Moment, schüttelt sich erinnernd verzweifelt den Kopf. Es war gar keine, war eine Gaspistole. Verstehst du. Ich hab' den erschossen, ohne Not. Die Untersuchung hat ergeben, klarer Fall von Notwehr. War es nicht. Nicht für mich. Ich hätte es sehen müssen, man zieht die anders, 'ne Gaspistole ist viel leichter, man sieht das sofort, und wir haben das in der Ausbildung immer wieder geübt ... Ich hab' immer gedacht, ich hab' keine Angst, aber ich hatte Angst, hab' das niemandem gesagt, aber ich hatte eine wahnsinnige Angst, eine (betont) blinde Angst ... und danach wußte ich, das will ich nicht mehr, nicht schießen, keine Waffe, und ein Polizist ohne Waffe, na ja, ist kein Polizist ...

Kendal hat konzentriert und still zugehört. Hellkamp zieht, wenn er sagt »ein Polizist ohne Waffe ...«, die Pistole aus der Lederjacke. Sofort wandelt sich die Aufmerksamkeit von Kendal der Pistole zu.

KENDAL: (ganz neugierig) Ehh! Kann ich die ma' haben?

Nach einem kurzen Zögern, nimmt Hellkamp das Magazin heraus und gibt Kendal die Pistole.

KENDAL: Mann, Bra, ganz schön schwer.

Kendal gibt ihm die Pistole zurück, die Hellkamp kurz in der Hand wiegt.

HELLKAMP: Nein, der Tod ist ganz leicht.

Hellkamp wirft die Pistole ins Wasser, gibt Kendal das Magazin.

HELLKAMP: Das kannst du reinwerfen.

Kendal wirft das Magazin ins Wasser. Wir sehen die beiden Wellenkreise aufeinander zulaufen und sich überlagern.

Schrebergarten

Kendal und Hellkamp im Schrebergarten von Kruse, einem Bootsbauer, der in Rente ist. In dem Garten steht ein kleines Holzhäuschen, mit einer Veranda. Ein paar Obstbäume, Büsche, zwei drei Gemüsebeete. Unter einem alten Birnbaum steht ein langer Holztisch, auf dem Werkzeug, Schrauben und Nieten liegen. Daneben liegt auf zwei Böcken eine kleine hölzerne Jolle. Kruse trägt alte blaue Arbeitshosen und ein blauweißgestreiftes Finkenwerder Fischerhemd. Kruse liest den Zettel von Husso, den Hellkamp ihm gegeben hat.

KRUSE: Von Husso ... gut.

HELLKAMP: Sie sind Bootsbauer?

KRUSE: War. Bin Rentner. Aber nur Rente, hältste nicht aus, rostet man ja ein. Was machen Sie denn so?

HELLKAMP: Taxifahr'n.

KRUSE: Und früher, ich mein', was haben Sie gelernt?

HELLKAMP: Nix. Das heißt ... ich war mal Polizist.

KRUSE: Ach Herrjeh ... Na ja, können ja immer noch was werden. Sind ja noch jung.

HELLKAMP: Ja. (nachdenklich) Ich überlege ... Hellkamp guckt Kendal an. Muß ja wohl aus der Stadt weg. (deutet auf Kendal) Der kann ja nicht ewig hierbleiben.

KRUSE: Nee, aber erst mal. (zu Kendal) Hier biste sicher. Darfst dich nur nicht rühren, einfach totstellen, wie 'ne Scholle auf 'n Grund legen, einsanden lassen und still warten.

Kendal geht durch den Garten, während sich Hellkamp an den langen Tisch setzt, auf dem die Werkzeuge von Kruse liegen. Kruse holt eine Schnapsflasche ohne Etikett. Er hält die Flasche hoch und in das Sonnenlicht.

KRUSE: Eigenbrand, Birne, hier vom Baum. Alles Handarbeit und hausgemacht.

HELLKAMP: Ist das nicht verboten, ich meine das Schwarzbrennen?

KRUSE grinst: Da spricht der Polizist. Kruse schenkt ein. Was is' nicht alles verboten: Boote im Garten bauen, elektrische Leitungen anzapfen, Schnapsbrennen, Flüchtlinge verstecken. Darauf trinken wir! Prost!

HELLKAMP schmeckt: Is 'n Hammer!

KRUSE sagt solz: Tja ... 60%! Und doch soo sanft.

HELLKAMP: Danke!

KRUSE: Wofür?

HELLKAMP: Na. Daß Sie den Jungen aufnehmen.

KRUSE winkt ab: Wo soll er später hin?

HELLKAMP zögert: Weiß noch nicht.

KRUSE verschmitzt: Haben jetzt 'nen kleinen Bruder, nich'.

HELLKAMP: Wie ... (nachdenklich) wie das weitergehen soll ...
Hellkamp schüttelt ratlos den Kopf.

KRUSE: Geht schon. Kenn' viele, die so leben. Genaugenommen gibt's die gar nicht. Nicht für die Einwohnermeldeämter und nicht für die Finanzämter. Sind nur Schatten.

Und doch gibt es sie. Leben hier, arbeiten, gehen sogar zur Schule.

HELLKAMP: Und wie?

KRUSE: Wie? Muß man eben Leute finden, die nicht nach der Aufenthaltsgenehmigung fragen. Leute, die weiterhelfen. So wie Sie ja auch. Prost!

Hellkamp und Kruse stoßen an.

Telefonzelle an der Straße zur Gartenkolonie

Kendal telefoniert.

KENDAL: ... auf der Veddel, Bus 312 ...

Mümmelmannsberg Wohnhaus

Franziska kommt aus dem Haus. Zinnar steht am Hauseingang.

Schrebergarten

Kruse und Kendal schmirgeln die Planken ab. Franziska kommt. Sie steht an der Gartenpforte. Kendal läuft ihr entgegen. Kruse beobachtet die beiden.
Kendal und Franziska stehen vor der Jolle. Kendal erklärt Franziska die Spanten.

KENDAL stolz: ... hab ich genietet ... hier ... (zeigt eine Niete) ... ist aus Messing ...

Kruse schiebt das Fahrrad aus dem Garten.

KRUSE: Ich hol mal Lack.

Straße Schrebergartenkolonie

Kruse fährt die leere Sandstraße der Schrebergartenkolonie entlang. Da steht ein großer schwarzer Mercedes. Kruse wundert sich über diesen dicken Wagen, dreht sich nochmals um, radelt weiter.

Schrebergarten

Franziska und Kendal sitzen in der Wiese im Garten. Kendal zeigt ihr das Freundschaftsband, das sie ihm gemacht hat. Es ist dünn und schon etwas abgetragen.

KENDAL: Siehste, hält noch.

FRANZISKA: Darfste nicht abreißen, bringt Unglück.

KENDAL: Nee, weiß schon. Ich paß auf.

FRANZISKA: Was wünschst du dir, wenn du 'nen Wunsch frei hättest.

KENDAL: (überlegt) Zu Hause sein.

FRANZISKA: Nicht hier, (betont) jetzt, hier?

KENDAL sagt dann deutlich betont mit kurzen Pausen dazwischen: Doch ... auch ... beides.

FRANZISKA: Geht doch nicht.

Kendal nickt nachdenklich und ein wenig betrübt.

FRANZISKA: Dann fahr doch. Fährst zur Hochzeit deiner Schwester, dann kommste zurück, gehst hier in die Schule. Können wir zusammen in die Schule gehen. Ich helf dir.

KENDAL strahlt: Gut. Versprochen.

FRANZISKA: Versprochen. Morgen komm ich gleich nach der Schule her.

Sie läuft hinaus aus dem Garten, winkt nochmals. Kendal legt sich ins Gras, dieses tiefgrüne Gras. Er zupft einen Grashalm aus, lang, dick und von einem intensiven Grün. Er betrachtet ihn, lächelt und steckt den Halm in den Mund. Da, plötzlich, langsam, fällt ein Schatten auf ihn. Er blinzelt, sieht die Gestalt gegen die Sonne in der Annahme, es sei Kruse, er kommt mit dem Oberkörper hoch, und wir sehen in seinem Gesicht erst das freundliche Lächeln, das dann erstarrt, zu einem kindlichen Schrecken.

Straße Schrebergartenkolonie

Hellkamp fährt im Taxi zu dem Schrebergarten, trifft auf Kruse, der auf seinem Rad sitzt, im Korb Bootslack.

HELLKAMP: Wo ist Kendal?

KRUSE: Im Garten.

Schrebergarten

Im Garten ist niemand zu sehen. Wir sehen Hellkamp und Kruse suchen. Sie rufen nach Kendal. An der Stelle, wo Kendal gelegen hat, ist das Gras zerwühlt. Hellkamp findet das abgerissene Freundschaftsband im Gras. Sie gehen weiter und finden den Jungen halb in einem Wassergraben liegend, der Unterleib blutüberströmt, in der verkrampften Hand – die wir in Großaufnahme sehen – ein Büschel Gras, an dem er sich aus dem Graben gezogen hat. Er stöhnt. Hellkamp beugt sich über ihn.

HELLKAMP: Bra , mein Lieber ... (zu Kruse) Schnell, rufen Sie an, vom Taxi ...

Hellkamp zieht den Jungen vorsichtig aus dem Graben. Kruse läuft los.

Schrebergartenkolonie

Ein Krankenwagen. Kendal wird auf einer Bahre in den Wagen geschoben. Kendal ist noch bei Bewußtsein. Er stöhnt.
Kendal hält seine Faust, die immer noch dieses Büschel Gras hält. Hellkamp streichelt die Hand, und da öffnet sie sich. Das Büschel Gras fällt heraus.

Krankenhaus Flur

Hellkamp sitzt auf einer Bank im Krankenhausflur. Im Hintergrund ist der Flur durch eine Milchglastür abgegrenzt. Dort ist der Bereich der Operationsräume und der Intensivstation. Hellkamp sitzt und wartet. Draußen scheint die Sonne und wirft den flirrenden Schatten von Laub auf die weiße Wand. Zwei Krankenhelfer eilen über den Gang, verschwinden im Hintergrund hinter der Milchglastür. Schemenhaft sehen wir die Gestalt einer Krankenschwester über den Flur gehen.

Krankenhaus Ärztezimmer

Hellkamp steht im Ärztezimmer zusammen mit einem erschöpft wirkenden Arzt, der sich gerade die Armbanduhr umbindet. In das Zimmer kommen und gehen Krankenschwestern, Helfer und Ärzte, die Unterlagen, Röntgenbilder und Krankenakten holen. Eine Oberschwester telefoniert.

ARZT: Er will Sie unbedingt sprechen. Etwas sagen. Er ist sehr unruhig. Also reden Sie mit ihm, aber wirklich nur kurz!

Krankenhaus

Eine Intensivstation. Wir sehen Kendal auf einem Bett liegen und an mehreren Schläuchen angeschlossen. Totenblaß sieht Kendal aus, mit schattigen Ringen unter den Augen. Hellkamp kommt, in der Hand eine Plastiktüte.

KENDAL: Bra ...

HELLKAMP: Hallo, Bra.

KENDAL *sehr leise und undeutlich*: Waren nich' Michel.

HELLKAMP: Was?

KENDAL: Michel. Turm.

HELLKAMP: Gehen wir rauf. Wir gehen auf den Turm. Wenn du wieder gesund bist. Versprochen. Mußt dir Mühe geben.

Hellkamp holt aus der Plastiktüte eine Wunderblume heraus, offensichtlich eine neu gekaufte. Er zeigt sie Kendal.

HELLKAMP: Deine Wunderblume. Hab' ich dir mitgebracht. Müssen wir ins Wasser legen.

KENDAL: Schön ... Danke, Bra ... (kurdisch) ... die Hochzeit ... Zine ... die Uhr ... Kuckuck ...

HELLKAMP hilflos: Ich versteh dich nicht.

KENDAL unter großen Mühen: Die Uhr ... Zine ...Hochzeit ... Kuckuck ...

HELLKAMP: Mach ich. Versprochen. Bra.

Kendals Kopf sackt weg. Hellkamp streichelt ihn, und wir sehen Hellkamp weinen.

In Großaufnahme: In einer kleinen weißen Schale schwimmt die Wunderblume, ihre Farben leuchten, und sie hat sich voll entfaltet.

Turm der Michaeliskirche

Der Turm der Michaeliskirche. Hellkamp steht oben an der Brüstung. Er blickt über die Stadt, über Hamburg, über den Hafen, die Alster, St. Georg, dort, wo sich die Dramen abgespielt haben, alles sehr fern, die Straßen, die Häuser, die weißen Wolken, das Abendlicht, jetzt, schnell, im Zeitraffer, wie die Dunkelheit einbricht, die Nacht, die Lichter der Hochhäuser, die an- und ausgehen, in rasender Geschwindigkeit, der Morgen, jetzt langsamer werdend, im normalen Tempo, rosig und wunderbar, die Wolken, fern, wie an dem Morgen, als Kendal auf dem Hochhausdach betete.

Kurdistan in der Türkei.

Kurdisches Dorf

Das Hochzeitsfest der Schwester von Kendal wird gefeiert. Es wird draußen unter dem alten Kirschbaum gefeiert, der in der Traumsequenz von Kendal vorkommt. Die Gäste sind einfach, aber festlich gekleidet. Sie sitzen an einer langen Tafel. Spielleute machen Musik. Ein Auto kommt. Hellkamp steigt aus. Er geht zu dem Tisch, wo ihm alle entgegensehen.

HELLKAMP: (kurdisch) Guten Tag. (deutsch) Kendal schickt mich. Und er schickt dies für Zine.

Hellkamp überreicht der Braut einen kleinen Karton.

ONOGUN: (übersetzt) Kendal schickt ihn. Ein Geschenk von Kendal.

Kendals Vater macht eine einladende Geste. Hellkamp soll sich setzen.

VATER: (kurdisch) Willkommen. Wie geht es Kendal?

ONOGUN: (deutsch) Wie geht es Kendal?

HELLKAMP nach einem kleinen Zögern, so als hielte er für einen winzigen Moment den Atem an: Gut.

Onogun: (kurdisch) Er sagt, (ruft) Kendal geht es gut.

Alle klatschen, und dieses Klatschen geht in die Begeisterung der Schwester über, verstärkt sich, denn sie hat in dem Moment den Karton ausgepackt und die Kuckucksuhr hochgehoben. Alle klatschen.

An der Tafel, an der jetzt auch Hellkamp sitzt, geht das Foto herum, das Hellkamp und Kendal im Zoo zeigt. Der Affe sitzt auf Hellkamps Schulter und laust ihm den Kopf, daneben Kendal, der so wunderbar lacht.
Die Freude unter den Gästen ist groß.

Hellkamp tanzt mit den Männern. Zine mit den Frauen. Sie lachen. Die Nachbarn, die Gäste stehen und klatschen.

Berglandschaft

Hellkamp geht den Hang hinauf. Wir hören aus der Ferne die Musik der Hochzeitsgesellschaft.
Hellkamp bückt sich, rupft ein paar Grashalme aus, betrachtet sie genau, wirft sie hoch, in den Wind.

Hellkamp sagt auf kurdisch, und nicht im Untertitel übersetzt!: Himmel! Himmel!

Dieses bukolische Bild: Eine Wiese, über die ruhig grasend eine Herde Schafe zieht, dahinter eine karge Berglandschaft und darüber, weiß aufgetürmt die wunderbaren Wolken.

Nachbemerkung

Eine Zeitungsmeldung hat mich auf den Fall aufmerksam gemacht. In Hamburg war ein kurdischer Junge ermordet worden. Man hatte ihm mehrmals ein Messer in den Unterleib gestoßen und ihn dann in einen Wassergraben geworfen. Sterbend hatte er versucht, sich am Gras der Böschung aus dem Wasser zu ziehen. Ein Fememord im Drogenmilieu. Später habe ich einen ausführlichen Bericht von Ariane Barth gelesen und ein Foto gesehen: Der tote Junge hält in seiner verkrampften Faust ein Büschel Gras. Dieses Bild löste das Bedürfnis aus, über ein solches Schicksal zu schreiben. Es ist nicht gerade eine Geschichte, die Produzenten und Verleiher begeistert, so dunkel, so traurig wie sie ist. Die ersten Absagen überraschten daher nicht. Um so mehr muß ich Günter Rohrbach danken, der sich entschloß, den Film dann doch zu produzieren, wissend, daß es sehr schwierig werden würde. Ohne ihn wären das Drehbuch und der Film nicht entstanden. Zu danken habe ich ihm auch für seine Anregungen, für die häufigen, intensiven Drehbuchgespräche und dafür, daß er das Projekt nie aufgegeben hat, auch dann nicht, als ich glaubte, ein Jahr Arbeit sei umsonst gewesen. Daß aus dem Drehbuch ein Film wurde, dazu haben auch andere beigetragen, ganz wesentlich selbstverständlich der Regisseur, Roland Suso Richter, sodann die Produktionsfirma MTM, mit Peter Herrmann, der als ausführender Produzent unter anderem die Dreharbeit in einem iranischen Kurdendorf durchsetzte. Dank auch dem WDR, insbesondere Wolf Brücker, dem Verleih Kinowelt, und damit Ulrich Limmer. Dank den Gremien, die den Film gefördert haben. Und, last not least, Dank dem Team.